戏曲故事

看古人扮戏

张晓风 —— 编撰

九州出版社

JIUZHOUPRESS

图书在版编目（CIP）数据

戏曲故事：看古人扮戏 / 张晓风编著. -- 北京：
九州出版社，2018.12
ISBN 978-7-5108-7823-7

Ⅰ．①戏… Ⅱ．①张… Ⅲ．①戏剧文学－故事－作品
集－中国 Ⅳ．①I247.8

中国版本图书馆CIP数据核字(2019)第004134号

戏曲故事：看古人扮戏

作　　者	张晓风
责任编辑	张艳玲
出版发行	九州出版社
地　　址	北京市西城区阜外大街甲 35 号（100037）
发行电话	(010)68992190/3/5/6
网　　址	www.jiuzhoupress.com
电子信箱	jiuzhou@jiuzhoupress.com
印　　刷	三河市兴博印务有限公司
开　　本	787 毫米 ×1092 毫米　32 开
印　　张	9.25
字　　数	180 千字
版　　次	2019 年 11 月第 1 版
印　　次	2019 年 11 月第 1 次印刷
书　　号	ISBN 978-7-5108-7823-7
定　　价	50.00 元

用经典滋养灵魂

龚鹏程

每个民族都有它自己的经典。经，指其所载之内容足以做为后世的纲维；典，谓其可为典范。因此它常被视为一切知识、价值观、世界观的依据或来源。早期只典守在神巫和大僚手上，后来则成为该民族累世传习、讽诵不辍的基本典籍。或称核心典籍，甚至是"圣书"。

佛经、圣经、古兰经等都是如此，中国也不例外。文化总体上的经典是六经：《诗》《书》《礼》《乐》《易》《春秋》。依此而发展出来的各个学门或学派，另有其专业上的经典，如墨家有其《墨经》。老子后学也将其书视为经，战国时便开始有人替它作传、作解。兵家则有其《武经七书》。算家亦有《周髀算经》等所谓《算经十书》。流衍所及，竟至喝酒有《酒经》，饮茶有《茶经》，下棋有《弈经》，相鹤相马相牛亦皆有经。此类支流稗末，固然不能与六经相比肩，但它各自代表了在它那一个领域中的核心知识地位，却是很显然的。

我国历代教育和社会文化，就是以六经为基础来发展的。直到清末废科举、立学堂以后才产生剧变。但当时新设的学堂虽仿洋制，却仍保留了读经课程，以示根本未隳。辛亥革命后，蔡元培担任教育总长才开始废除读经。接着，他主持北京大学时出现的"新文化运动"更进一步发起对传统文化的攻击。趋势竟由废弃文言，提倡白话文学，一直走到深入的反传统中去。论调越来越激烈，行动越来越鲁莽。

台湾的教育、政治发展和社会文化意识，其实也一直以延续五四精神自居，以自由、民主、科学为号召。故其反传统气氛，及其体现于教育结构中者，与当时大陆不过程度略异而已，仅是社会中还遗存着若干传统社会的礼俗及观念罢了。后来，台湾朝野才惕然憬醒，开始提倡"文化复兴运动"，在学校课程中增加了经典的内容。但不叫读经，乃是摘选《四书》为《中国文化基本教材》，以为补充。另成立文化复兴委员会，开始做经典的白话注释，向社会推广。

文化复兴运动之功过，诚乎难言，此处也不必细说，总之是虽调整了西化的方向及反传统的势能，但对社会普遍民众的文化意识，还没能起到警醒的作用；了解传统、阅读经典，也还没成为风气或行动。

二十世纪七十年代后期，高信疆、柯元馨夫妇接掌了当时台湾第一大报中国时报的副刊与出版社编务，针对这个现象，遂策划了《中国历代经典宝库》这一大套书。精选影响国人最为深远的典籍，包括了六经及诸子、文艺各领域的经典，遍邀名家为之疏解，并附录原文以供参照，一时朝野震动，风气丕变。

其所以震动社会，原因一是典籍选得精切。不蔓不枝，能体现传统文化的基本匡廓。二是体例确实。经典篇幅广狭不一、深浅悬隔，如《资治通鉴》那么庞大，《尚书》那么深奥，它们跟小说戏曲是截然不同的。如何在一套书里，用类似的体例来处理，很可以看出编辑人的功力。三是作者群涵盖了几乎全台湾的学术菁英，群策群力，全面动员。这也是过去所没有的。四，编审严格。大部丛书，作者庞杂，集稿统稿就十分重要，否则便会出现良莠不齐之现象。这套书虽广征名家撰作，但在审定正讹、统一文字风格方面，确乎花了极大气力。再加上撰稿人都把这套书当成是写给自己子弟看的传家宝，写得特别矜慎，成绩当然非其他的书所能比。五、当时高信疆夫妇利用报社传播之便，将出版与报纸媒体做了最好、最彻底的结合，使得这套书成了家喻户晓、众所翘盼的文化甘霖，人人都想一沾法雨。六、当时出版采用豪华的小牛皮烫金装帧，精美大方，辅以雕花木柜。虽所费不赀，却是经济刚刚腾飞时一个中产家庭最好的文化陈设，书香家庭的想象，由此开始落实。许多家庭乃曰买进这套书，而仿佛种下了诗礼传家的根。

高先生综理编务，辅佐实际的是周安托兄。两君都是诗人，且侠情肝胆照人。中华文化复起、国魂再振、民气方舒，则是他们的理想，因此编这套书，似乎就是一场织梦之旅，号称传承经典，实则意拟宏开未来。

我很幸运，也曾参与到这一场歌唱青春的行列中，去贡献微末。先是与林明峪共同参与黄庆萱老师改写《西游记》的工作，继而再协助安托统稿，推敲是非、斟酌文辞。对整套书说不上有什么助益，自己倒是收获良多。

书成之后，好评如潮，数十年来一再改版翻印，直到现在。经典常读常新，当时对经典的现代解读目前也仍未过时，依旧在散光发热，滋养民族新一代的灵魂。只不过光阴毕竟可畏，安托与信疆俱已逝去，来不及看到他们播下的种子继续发芽生长了。

当年参与这套书的人很多，我仅是其中一员小将。聊述战场，回思天宝，所见不过如此，其实说不清楚它的实况。但这个小侧写，或许有助于今日阅读这套书的大陆青年理解该书的价值与出版经纬，是为序。

看古人扮戏

张晓风

作为一个读书人，你和我一样，从小知道有《白雪公主》，有《灰姑娘》。更年轻的，知道《宇宙超人》或《星际女超人》，但是，有没有人听说《赵氏孤儿》的故事呢？有哪一个读过《杀狗记》的戏词呢？

我自己是到三十岁才仔细地、恭敬地回过头来读元杂剧、明传奇、京剧和一些杂戏的剧本的。其中有些是入学时代读过的，但不知为什么，那时候看到的全是死的、平板的。后来再读，那些故事才一个个活过来：窦天章怎样牵着窦娥战栗的小手，去蔡婆婆家做童养媳；杭州城里卑微的娼妓柳翠如何竟是天界中净瓶里的一枝杨柳；包公如何微服在陈州调查贪官，而竟被人吊在槐树上……多么可爱纯朴的情节！在古典戏剧领域里，我仿佛一个幸运的考古学家，忽然掘得古代的教科书，因而发现了整个时代在接受一种怎样的教育。整体说来，我的了解是，"四书五经"是中国知识分子的教科书，而戏剧和说唱文学却是广大民众的教科书。在这些故事里，你读到《白兔记》里李三娘的坚忍，你读到《货郎旦》里张三姑的咬牙期待，你读到《九更天》里马义事主的忠诚，竟硬生生地感动得连日月都要改变行程，直到九更天才亮。你读到《蝴蝶梦》里一个母亲舍己子以救人子的大"信"，你甚至读到《桃花女》里那女子的泼悍明媚……

我之所以答应出版社为读者改写这些故事，是因为我曾深爱这些剧情。奇妙的是，当我开始执笔，眼前浮动的竟是北国的黄河（元代的戏剧活动范围在北京），杭州的绿柳（明代的戏曲活动范围在杭州），我又走回古代，成为一个说书人，把我所知道的故事向你娓娓道来。

由于戏剧的本质是一种朝生暮死"蜉蝣式"的艺术，它的"失传率"是非常可怕的，现在坊间所能搜求到的戏剧资料算来至多保留当日盛况的十之二三，向来研究中国古典戏剧的人面对这些不完整的资料（例如坐元代剧作家第一把交椅的关汉卿，其《孟良盗骨》一剧竟散失得只剩下两句唱词了），无不扼腕叹息。但在我现在着手的这本书中，所感到的困难却刚好相反，要从堆起来比一人还高的剧本里选出几十本来挤进这样小小的一本十几万字的书中，实在是令人着急的，如果我把每部戏剧写成"电影说明书"式的简略，也许可以多介绍几本，但那样又会显得了无趣味，我不能那样做。

我得承认，我一面工作，一面也感受到某种压力，许多年前就有朋友自美国寄给我两本烫金精装的改写故事（包括《金银岛》

《块肉余生录》），虽然只是通俗阅读版，但内容的精简生动，印刷的精心美丽都使我羡慕不已。现在我们的出版机构终于也有能力出这样的书了，但我要怎样使它更具水平？我们能不能放弃一切"文学上"的高贵华丽，简简单单地把那些故事讲给一般并不"特别有学问的人"听？

我去读兰姆的故事（此人于十九世纪初，成功地改写了莎士比亚的故事，中译本名为《莎氏乐府》，是英语世界里被广泛阅读的一本书），读到他的抱怨，真要拍案叫绝，因为他说的话正是我想说的，他说：

"我不能写，我写不出给小孩子看的莎士比亚（事实证明，《莎氏乐府》后来的读者，成人比小孩多），理由很充足，不论我或者别人，把莎氏的戏剧改写成散文故事对莎士比亚都是一个冒渎，莎士比亚必须一个字一个字地读，才能真正领会他的不朽。"

其实，我感到自己面临的困难比兰姆更大，因为莎氏的编剧艺术在十九世纪初早已得到应有的评价，兰氏如果改写得不好，最多只是影响了自己的名誉，尚不致影响莎氏本身的评价。但中国的戏剧作品七百年来并没有得到公正的估量，年老的一辈看不起它，年轻的一辈无暇读它，一旦改写失败，就会把自己变成一个错误的说客，由于形容不当，竟使旅人拒绝了一个幽极美极的胜地。

在完成了这些改写之后，我只能说，我不知道我把故事说得精彩不精彩，但是，不管你"意犹未尽"或"心有不甘"，我都希望你能找到原著再来细赏一番。

今夜，当我完稿，当我把这些几百年来由于不知名的艺人"冲州撞府"，去唱给"张家村""李家庄"的民众的故事——转述给你，我心中暗暗地藏满了"窃得宝物"的狂喜。我喜欢这些故事，你喜欢吗？

体例说明

一、所谓中国古典戏剧，应该怎样来界分呢？有人认为不妨把上古的巫祝娱神的典仪也算进去。果然如此，则中国至少可以有三千年的戏剧史了。也有人认为既云中国，则川剧、越剧、河南梆子、歌仔戏、潮州戏都可包括在内，但恕这本书不能概括这么庞大的题材。本书依从王国维先生的看法，认为时间上中国剧应该自元代算起。而就地理而言，各地的"地方剧"固然有其表演上的特色，但本书既然是形诸文字的，自以它的文学成就为取舍，事实上昆曲、京剧不都是以地方戏起家的吗？

二、本书所包括的时间总约九百年，所包括的戏剧类型分为五种：

1.诸宫调：所列剧本为金代董解元的《西厢记》（这也是现存唯一完整的诸宫调），严格地说，这出又名为《弦索西厢》，或是《弹西厢》的作品也许不能称之为剧本，它是介于"说唱文学"和"舞台表演"之间的产物，但自来行家对它有极高的评价，它也是后世许多本《西厢记》想避也避不开的楷模。

2.元杂剧：包括的剧本如下：《窦娥冤》《救风尘》《汉宫秋》

《倩女离魂》《墙头马上》《梧桐雨》《东堂老》《蝴蝶梦》《货郎旦》《赵氏孤儿》《陈州粜米》《桃花女》《来生债》《张生煮海》《蓝采和》《灰阑记》《度柳翠》。

3. 传奇：包括的剧本如下：《荆钗记》《白兔记》《拜月亭》《杀狗记》《琵琶记》《桃花扇》《牡丹亭》。

4. 京剧：京剧剧本许多是跨越清末民初的，同其他民间艺术一样，它也是一边演，一边增减而终以集体智慧完成的，但在本书中却笼统地注明"清·佚名"，包括的剧本有：《九更天》《王宝钏》（原名《红鬃烈马》）。

5. 特殊剧：本书中的《中山狼》属之，历来曲家对这种既不以"四折"分亦不以"四五十出"分的结构，颇不以为然，它是元杂剧"或增为七八段落"或减为"一个段落"后的变体。但以今日观点视之，则一折戏等于"独幕剧"。徐文长的《渔阳三弄》也是这种结构，这类作品并不常见，但也很值得重视。

三、在这本书里，大部分的作品都改写自元代的杂剧，这一方面可以解释为我个人的偏好（持这种看法的学者亦不乏其人，但也有更喜欢明传奇的），另一方面在实际的改写工作上，元杂剧的结构（元剧一般分四折，跟西方剧场的"幕"差不多）刚好适于一个故事的长度。明传奇则太长（一般分四五十出，需要连续两三晚才能演完），在改写上如忠于原著会太繁，如果删节太多又精神全失。事实上这一点也是明传奇的致命伤，它由于太长，经常被人抽一段来唱（如长达五十五出的《牡丹亭》，一般人却只挑《游园惊梦》来唱，那仅是其中的一出而已），久而久之，它变成一段段独立的音乐，缺乏戏剧性上整体的联系，远不如元杂剧紧凑整齐。

四、京剧在本书中所占分量也极少，这也缘于三个原因：第一，由于政治和社会的变迁，它方才出于草莽，入于宫廷，眼见有文人要来鼎力相助的时候，整个北京的清政权却崩溃了，京戏也就渐失依托。社会形态的急剧变化，也使它变成一项"被保护的艺术"，因此，它的表演艺术固然有它承袭自传统的优良水平，编剧却一直不是很高明的。在元杂剧时代有所谓剧作家"关（关汉卿）马（马致远）郑（郑光祖）白（白朴）"，明传奇时代亦分"崇文辞"的汤显祖和"尚音律"的沈璟。即使清代的传奇，也以"南洪（洪昇）北孔（孔尚任）"闻名。但京剧艺术，几乎从来不闻剧作家之名，惯常听到的四大名旦、四小名旦（重点在演员）或梅派、程派（重点在唱腔之响亮或幽咽），京剧的剧本比之杂剧传奇是逊色太多了。第二，由于京剧发生得晚，它的剧本有许多是由前朝剧本改写而来，例如《六月雪》改写自杂剧《窦娥冤》，《乌盆计》改写自杂剧《盆儿鬼》，《白蛇传》改写自传奇《义妖记》。第三，京剧有许多既出名又讨好的戏，如《霸王别姬》《贵妃醉酒》《五花洞》，其重点却完全在舞剑和身段的表演；《花子拾金》则模仿各派唱腔而造成的讽刺式趣味；《金山寺》则在于虾兵蟹将的那番打闹热闹——凡此种种，根本无法形诸文字。事实上，大凡一种戏剧还活着的时候，一般人是不留心它的剧本的。

如果有读者偏爱京剧，趁它还是一种"活的戏"的时候，多去直接看戏吧！

五、另外还有一些编选的原则也应该说明一下，事实上有很多就戏剧而言是好剧本的作品我们并没有放入。像洪昇的《长生殿》和白朴的《梧桐雨》，因其基本故事是重复的，我们用了《梧桐雨》便舍了《长生殿》。《西厢记》几乎每朝每代每种戏剧形式都不会忘记它，但此处我只采用最早的董解元的以"诸宫调"方式所写的《西厢记》。至于戏剧中有许多取材自唐人传奇的，如《柳毅传书》《绣襦记》，我让给"小说部分"的作者去写了。至于有些取材自《三国演义》或《水浒传》的，我也尽量避开不用。

六、我改写的原则是尽量忠实于原著，其中有些虽然觉得作者的安排不合理，但也不予更改。例如历史剧中，把安史之乱解释成三角恋爱很荒谬。释道剧中的迷信色彩未必可信（如谓某人系天神投胎）。包公戏的法律观念（《救风尘》和《货郎旦》虽非包公戏，亦有此问题，本书中避开未谈），绝对跟现代的不相合。《九更天》中的道德有其过分的地方。《梧桐雨》中的荔枝竟是秋天的果实。《汉宫秋》里把一条黑龙江从东北搬到了西域。而《赵氏孤儿》中的那位屠岸贾训练恶犬的方法居然是"视觉式"的而不是"嗅觉式"的，使我们不觉失笑（常识告诉我们，狗完全凭嗅觉识人，它在视觉方面是很低能的）。但凡此种种，我都没有去"改正"。既然四百年来，万千西方人士容忍莎士比亚剧本里许多资料上和判断上的错误，让我也把原样的中国古典戏剧呈现在你面前。请不要用现代观念去批评《王宝钏》故事中的重婚事件，把欣赏重点放在寒窑中苦忍十八年的王三姐身上吧，想一想对我们而言，这女子身上具备了多少"中国性格"。

也有一些片段在原剧中不是重点，而我却稍稍多加两笔去描述的，如《梧桐雨》中的"乞巧"场面，《琵琶记》里的结婚仪式，这些，都是由于我对那消失了的民俗的一点依恋。

七、我对整个故事完全不加主观的剪裁和处理吗？也不是的，《灰阑记》原来是《包公奇情案》，但我却强调了一个从良的娼妓的母性尊严。《蓝采和》原是道教的"度脱剧"，我却更强调舞台上悲欢离合的永恒情节，它使一个立即要成道的人也忍不住要停下来，恋恋地听着锣鼓的节奏。

八、至于目录表里的分类法，完全是为了方便，并没有绝对的权威性。元剧虽以"关马郑白"最享盛名，但也有人更欣赏王实甫，南戏以"荆（《荆钗记》）刘（刘知远《白兔记》）拜（《拜月亭》，亦名《幽闺记》）杀（《杀狗记》）"闻名，但很多人认为《琵琶记》显然比这四本好多了。此外我将《灰阑记》归入娼妓类，其实它也可以属于包公戏。我将《赵氏孤儿》划入报恩报仇剧，其实它也是历史剧。《墙头马上》被归入强女人的戏，可是它也是家庭剧。《度柳翠》一戏也可以被看作释道剧。一个好剧本正像一个完整的生命，是不容轻易被割切分类的，我去分类，只是为了方便初接触古典戏剧的读者而已。

九、元杂剧时代有个奇怪的传统，男仆或听差，几乎一律叫张千，而梅香则几乎是丫头的"法定名字"，读者如果偶然发现仆婢名字雷同，不要以为是误排。

目　　录

第一章

元曲四大家及其代表作品

窦娥冤

元·关汉卿

作者关汉卿，号已斋叟，大都人，曾官至"太医院尹"。根据习惯，含有"卿"字的往往是文人的字号而非本名。我们推测他的本名似乎已经淹没。"大都"是今日之北京。他的作品极多，但佚失也极多。六十四本中现存的只有十四本，他对剧场生活甚感兴趣，自己有时也粉墨登场客串一番，所以他的剧本比之纯文人的作品更多考虑到表演因素和舞台效果。

当代的文人把他看作最优秀的作家，他最出名的作品除本书所选的三本以外，尚有《调风月》《谢天香》《切脍旦》《玉镜台》等，对女性角色之刻画甚为细腻。除戏曲外，他的散曲也写得清丽俏皮，可参阅中华书局任中敏所辑《散曲丛刊》。

后世传奇之《金锁记》与京剧《六月雪》皆据此《窦娥冤》之情节而改编。

端云的小手被握在父亲的大手里，微微地轻颤着，他们一同往蔡婆婆家走去，那一年，她七岁。

爸爸几天来反复说的话她都懂：妈妈四年前死了，爸爸带着她很困难，爸爸是读书人，没有钱，上次向寡妇蔡婆婆借的二十两银子，现在该还四十两，不，爸爸没有算错，这叫复利，爸爸没有钱还，刚好蔡婆婆说她有个八岁的小男孩，不如让端云去当她的童养媳妇……而爸爸既是读书人，读书人本来就是要去应考的，带着小孩也不方便，放在蔡婆婆那里，倒两全其美……

爸爸的话她都懂，她本来就是懂事的小孩，可是，当父亲松手而走的时候，她还是忍不住哭了起来。

唯一安慰的是，她听到蔡婆婆说，四十两银子不必还了，她甚至还送了十两银子给父亲做去应考的路费。

端云二十岁了，她到蔡家以后被改了名字叫窦娥。十七岁和丈夫成亲，才一年，丈夫就死了，婆媳成了两代寡妇，仍然靠放债度日。她们搬过一次家，从楚州城搬到山阳县。

这一天，蔡婆婆到街上去讨一位卢大夫的钱，他开着一家生药铺，外号叫"赛卢医"。

"哎呀，我手上一时不方便，再过两天嘛！"

"不要这样，上次你就这样说的，我寡妇人家，经不起你这样拖欠啊！"

"跟你说我手上不方便，你一定要就跟我到庄子上去拿。"

蔡婆婆紧跟着他，一双小脚顾不得累，想到二十两银子可以收回来，心里一块石头总算落了地。

路愈走愈远，四下不见人烟，蔡婆婆迷惑起来：

"还要走多久才拿得到钱啊？"

"嘿嘿！"赛卢医拉下脸，回身把一个绳套猛地往蔡婆婆头上一套，没想到这老太婆这么不济事，咕咚一倒，竟什么都解决了，"你去跟阎王爷讨那二十两银子吧！"

可是，就有这么巧，一对父子模样的赶路人竟走过来了。

"爹，好像有人在杀人呢！"做儿子的眼尖。

"驴儿，你说什么？"那老头吃了一惊。

赛卢医急得手脚发软，慌忙捂了脸，匆匆地跑了。好在那一对父子也没有追上来，他们急着去看那婆婆的情形。不过，赛卢医心里嘀咕起来，要是以后运气不好碰上了，那小子显然是记得住的。

"唉，作孽啊，怎么回事？"那老头叹着气。

"呃……呃……"蔡婆婆忽然有了一点声息。

"哎呀，没死呀，爹，这婆子命大，又有气了！"

"婆子，你别急，到底怎么回事？你慢慢讲。"老头说，"我们姓张，也是偶然路过，算你命不该绝，那坏蛋见到我们就吓跑了。"

"唉，我命苦啊！"蔡婆婆想起来，忍不住大哭，一面不管别人听不听，口里絮絮地说个没完，"我年轻轻就死了丈夫，孤儿寡母，有的出没的进，又没法抛头露面做生意，只好放利息过日子，好容易把儿子盼大了，娶了媳妇，没想到儿子又死了，家里两个寡妇全靠这点利钱，这赛卢医这么没有天良，欠我的银子不还，居然骗我到这荒郊野外来想勒死我，要不是碰到你们，我现在哪里有命啊！"她说着又大哭一场。

"咦，爹，"张驴儿把父亲拉到一旁，眼睛骨伶一转，"你听，这真是天作之合啊，他们婆媳都守寡，不如你收了这婆婆，我要了她媳妇，多么两便的事啊，何况这婆婆本来就该大谢我们一番的。"

"什么？"蔡婆婆也听见了，"你们怎么知道我有个守寡的媳妇？这是不行的啊，要谢，等我回家拿钱来谢好了！"

"哼，我们才不稀罕钱，"张驴儿恶狠狠地靠近她，"答不答应随便你！不过，你看，刚才的绳子还在，再勒一次很方便呢！"

蔡婆婆发抖了，死亡的经验太惊恐，她不敢再来第二次。

"好吧，你们跟我来。"

可是，把这两个人带回家算什么呢？算了，到时候再说吧，眼下且先捡了命再说。

"娘，您怎么讨点银子这么晚才回来？"窦娥开了门，"吃了饭没有？"

"我……我……"

窦娥这才看清楚婆婆头发散乱，一脸都是眼泪鼻涕。她抽抽咽咽地把经过说了出来。

"什么？什么？"窦娥简直不相信自己的耳朵："娘，您带回两个男人？您这满头白发难道要蒙上红罗帕去拜堂吗？"

"我不想要，可是我怕他们勒死我啊！"

"娘，您要嫁您自己嫁，我不想嫁。"

"谁要嫁，"蔡婆婆真是个毫无主张的人，"这样好了，我们先用好酒好饭养着他们好了。"

窦娥暗暗叫苦，怎么办？做媳妇的不能反抗婆婆，但谁听过一对寡女养着一对孤男会有好结果的？

"哎哟，"张驴儿一进门就盯着窦娥不放，"这小媳妇长得不赖，嫁给我吧，你看我这嘴脸也配得过你了！"

"滚开！"窦娥死命一推，张驴儿跌在地下。

"走着瞧！"张驴儿爬起来，"你逃不了的，你迟早是我老婆！"

"我要买包毒药！"张驴儿来到生药铺门口。

"胡说，谁敢卖毒药？查出来还得了！"卖药的人不理他。

"咦，老哥记性不好，我们是见过面的好朋友呀！前几天，荒郊野外……"

赛卢医抬起头来，吓得半死。

"要不要我叫出来，让来往的街上人听听？"

"不，不，我有毒药，你拿去吧！"

张驴儿拿了毒药，走了，他要等待机会下手。

赛卢医想来想去，决定关上店门，悄悄地逃到别州去了。

机会来了，蔡婆婆生了病，躺在床上，吃不下饭，想喝一点羊肚汤，窦娥跑前跑后忙着张罗。

张驴儿把毒药藏在袖子里，他想好了，只要婆婆一死，窦娥无依无靠，举目无亲，下手行事就方便多了。

"我先来尝尝这汤。"张驴儿装作一副很关切病情的样子，"嗯，有点腥，再加点盐跟醋比较好。"

窦娥回身到厨房去拿，张驴儿赶快放下毒药，等窦娥回来，他为了避嫌，抽身溜走了。

"娘，汤好了，您尝一口。"

"窦娥，我不要吃，我忽然觉得恶心、想吐。"

"趁热吃一口嘛，"张老头在一旁劝，"很好喝的羊肚汤呢！"

"你吃得下你就吃吧！我吃不下去。"

张老头喝了汤，忽然头昏昏的，不一会儿就倒了下去，莫名其妙地死了。

张驴儿回到家一看，死的居然不是蔡婆婆，而是自己的父亲，丧尽天良的他不但不痛悔，反而眉头一皱又生一计。

"窦娥，你药死了我老子，我不和你干休！"

"谁药死你老子？我妇道人家大门不出二门不迈，我哪儿来的毒药？分明是你想药死我娘，才支使我去拿盐和醋，你好下药！"

"你的鬼话谁信？总没听说过儿子药老子的事吧？"

"你要怎么样？"

"你嫁给我，我们把爹抬去埋了，万事皆休，你不嫁我，我把你告到官里，官吏把你三推六问，打得你招也得招，不招也得招，最后送你上法场！"

"孩子，"蔡婆婆听得手脚发软，"你就嫁了他吧！"

"不行，"窦娥很坚决，"青天白日，我没杀人，怕什么，我跟他见官去！"

　　但官场的黑暗岂是妇道人家如窦娥所能知道的，官府里上上下下收了张驴儿的钱，把她打得皮破血流，逼她招供。她被打得昏倒，有人用冷水浇她，她醒来，再挨打，再昏倒，再浇水……

　　朗朗青天，为什么偏有太阳照不到的死角？

　　她下定决心，让他们打死好了，绝对不招！

　　"好，既然这妮子不承认，"狡猾的太守宣布，"可能是她婆婆干的，把那婆子带上来打。"

　　打手立刻围到婆婆身边去了，那令人心惊的大杖举起，只要一下，便是一道血，一层皮……

　　"不要打婆婆！"窦娥拼全力喊了一句，"是我药死那老头的！"

　　她画了押，被拉到死囚牢里去了。

　　太守没想到这一招如此有效。

　　三伏天，窦娥披枷带锁赴刑场去，好长好悲惨的路，像她小时候七岁那一年的路，为别人而受苦的一条路。

　　按照死刑犯的惯例，窦娥当着监斩官说出最后的愿望。

　　"给我一张干净的席子，让我站在上面，另外挂一条一丈二尺的白丝练，我是冤枉的，我冤死的血一滴都不要留在地上，通通都喷上去，染红白旗。"

　　"第二，我要老天给我下一场雪。"

　　"哪有这种事！"听到的人都觉得很惊奇，"现在是三伏天，热得死人的！"

"我一定要一场雪，"窦娥悲哀而平静，"我是无辜的，别人的葬礼有素车白马，我要老天爷给我一片雪白的天地来送葬。"

"最后，我要公平的老天爷，处罚这不公平的人世，我要这楚州大旱三年！"

说也奇怪，天一时竟然暗了下来，冷风吹过刑场，雪落了下来，而刀过处窦娥的血飞溅而起，染红那一丈二尺长的白丝旗。

而从那一天开始，楚州真的不曾落一滴雨，所有的田地都干死了。

十六年了，窦天章一直思念着自己的女儿窦端云。

当年考试很顺利，官也越做越大。如今他的官衔是"两淮提刑肃正廉访使"，可是，由于蔡婆婆搬了家，他一直找不到女儿，心头的那一点空虚始终无法补填。

这一夜，他来到楚州，宿在州厅里，楚州干旱三年了，老百姓都认为必有冤情。深夜，他满怀忧思，不能成眠，只好把陈年文卷调来看看。

"窦娥药死公公……"

他翻过去，觉得问斩是活该的，他很不耻窦家有这种人。

朦胧的灯影中，有一个女子向他下拜。

"你是谁？"

"我是你的孩儿窦娥。"

"我的孩子叫窦端云，不叫窦娥！"

"蔡婆婆改了孩儿的名字。"

"那么这文卷上的窦娥是不是你？"

"是的！"

窦天章忽然暴怒起来：

"我为你哭得眼也花了，头发也白了，原来你不是个好东西，我窦家三辈无犯法之男，五世无再婚之女，你居然犯这种滔天大罪，辱没祖宗，累我清名，你今天不说个明白，我发文到城隍庙，叫你在阴间永做阴山饿鬼，不得超生！"

做官的人，气焰都是如此大吗？

她慢慢地把三年前屈死的事细说了一遍。惯做法官的窦天章终于落下泪来，人间，为什么总有那么多不平事？

第二天，他把蔡婆婆、张驴儿和现任的州官提来问话，逃到他州去的赛卢医也被找回来对词，问题很快就澄清了。张驴儿判了凌迟死刑，赛卢医充军远方，原太守杖一百，免职。

而窦娥当然已经无法索回她的生命，但她已满意，事情终于水落石出，还了她一身清白。

"爹爹啊！把我的罪名画掉吧！爹爹啊！（孩提时夜夜梦里，她大声叫这两个字，而今阴阳两隔，她仍远远地叫着）有一件事情，我要求求您，婆婆老了，又没子女，您就收留她，也算替孩儿尽养生送死的礼吧，我死在九泉下，也就可以瞑目了。"

一霎间，窦娥消失了。

许多年前，窦天章曾拉着女儿的手，送到蔡婆婆家抚养。

而今，许多年之后，窦娥把蔡婆婆送给窦天章去抚养。

第一滴雨，楚州大旱三年后的第一滴雨，此刻清清凉凉地落下来，印在龟裂的大地上，然后是第二滴，第三滴……终于，沛为霖雨。

救风尘

元·关汉卿

作者亦关汉卿，关氏作品中常对娼妓、戏子寄以相当的同情与了解，《救风尘》一般被视为喜剧、闹剧，那是就其"紧张有趣的营救效果"而言，但亦有学者就赵盼儿的"谙尽人情冷暖"的冷静，而视之为悲剧的。

"赵大姐，"少年安秀实嗫嚅着，不知如何开口，"宋引章要结婚了。"

"跟你吗？"赵盼儿笑起来，她的笑声跟她的歌声一样好听，宋引章也是，她们都是青楼中卖唱兼卖笑的女子。

"不是，她，她要嫁给那个花花公子周舍。"

"哈！周舍这种人哪能做丈夫！"

"所以想请姐姐去劝劝她。"安秀实终于说明了来意。

"唉！妓女要嫁人也难，"赵盼儿叹了口气，"要嫁个老实平凡的男人，又不甘心。要嫁聪明英俊的，又怕抓不牢。而且女人多半痴情，男人却多半是铁石心肠，这种事我看多了，我自己是一辈子不嫁人的！不过，你既托我，我也只好跑一趟，你坐坐，我要是劝成了，你也高兴，劝不成，你也别烦恼。"

"我要嫁人了。"宋引章一副开心的样子。

"好啊,我刚好也是来做个介绍人的。"

"介绍谁?"

"安秀实。"

"天啊!那个穷秀才,我嫁给他,只好一起去打莲花落。"

"那你要嫁谁?"

"周舍啊!"

"为什么?"

"他的身材好,有衣服架子,穿一件合身的衣服,看起来好潇洒啊!"

"哼!衣服算什么?连蟑螂也有件油亮亮的衣服呢!"

"而且,他很体贴,夏天里我在睡午觉,他就替我打扇子,冬天,他替我把被窝温了才让我睡,我出去应酬,穿哪一套衣服,配哪一套首饰,他都伺候得好好的。"

"哈哈,原来是这样,笑死人了,他这些小殷勤就把你迷住了吗?也不想想他这套本领哪里学来的,要不是成天混在女人堆里,哪里搞得懂这些插金钗、戴耳环的玩意儿?你听我的话,这种男人会这样伺候你,以后也会这样伺候别人,不到半年,他就把你打得哭哭啼啼回来,有句话我劝你,'船到江心补漏迟',到时候啊,有你的苦受的。"

"哼,"宋引章也气了,"我就是要死了也不来求你。"

"哎呀,是大姨子来了,"周舍刚好进来,"大姨子就做我的介绍人吧!"

"介绍谁？"

"引章啊！"

"引章？我问你，你要引章，要她什么？她会针指油面吗？她会刺绣铺房吗？她会大裁小剪吗？她会生儿育女吗？"

连环问，问得周舍和宋引章都很生气，赵盼儿看看也不是味，就说要回去了。

"算了，算了，"周舍送走了赵盼儿，"这人真难缠，我们动身吧，从这里到郑州好远的路呢！"

"劝得动吗？"

没想到赵盼儿一出门安秀才就等在门口，她摇摇头。

"好吧！"安秀才一脸黯然，"我上朝应举去了。"

"赵家姐姐，赵家姐姐，"不到半年，宋妈妈就气急败坏地来找赵盼儿，"引章托王货郎（卖女子用品的小贩）捎了封信来。"

盼儿一看，果不出所料，信上写着：

"从到他家，进门打了五十杀威棒，如今朝打暮骂，眼看快死了，可急央赵家姐姐来救我。"

"这可怎么办呢？"

"不妨事，我存了几个压被角的银子，大不了把引章买回来就是。"

"不行啊，那魔头说：'进了我家门，只有打死的，没有买休卖休的！'"

"不怕，我的办法多得是。"

盼儿拍着胸送走了宋妈妈，满心想的是风尘中姐妹患难相依的温暖，她忘了当初说的"有麻烦别来找我"的气话了。

"等我到郑州，"赵盼儿独自对着镜子歹毒地一笑，"三言两语，肯写休书万事俱罢，若是不肯写，哼，我将他掐一掐，拈一拈，搂一搂，抱一抱，弄得那家伙通身酥、遍体麻，就像在他鼻上抹一块砂糖，让他舔又舔不着，吃又吃不到，骗得他写了休书，哈！我再一走了之。"

她愉快地幻想着，自觉是个侠女。

赵盼儿到了郑州旅馆，着人把周舍找来，周舍原以为是什么老相好的女人，没想到是赵盼儿，忍不住生了气。

"哎呀，你别气，你听我说嘛。"赵盼儿说得无限委屈，"那时候，在南京，大家都在谈你，到处都听到你的名字，害得我好想看你，一看到你，就被你迷得神魂颠倒，没想到你偏看上引章妹妹，这还不说，你还叫我做你们的介绍人，我当然生气啦！"

"呀，原来是这么回事。"

"你看，我现在还是不死心，我干脆带了车子、鞍马、衣服、被褥来嫁你了！"

"太好了，你怎么不早说！"

这时，宋引章出现在旅舍门口，她已经接到赵盼儿的信，知道了她的计划。

"不要脸！赵盼儿，"她在门口大闹，"来抢人家的丈夫。"

"我为什么要受这种气？"赵盼儿撒起娇来，"你就看我受她欺负吗？你把她休了，我立刻嫁你。"

"好，我马上就休！"

忽然，周舍迟疑起来，不行，这边还没娶到手，那边又休了，万一两头落空呢？

"不过，你最好发个誓。"

"好！"赵盼儿立刻发誓不嫁周舍就不得好死。

"店小二，去买酒。"周舍说。

"别买啦！我早就准备了十瓶好酒。"

"还要买羊！"周舍吩咐。

"不用，我车上带了只熟羊。"

"好，好，我去买红罗！"

"放心吧！一对大红罗早已买好，周舍！何必分那么清楚，你的就是我的，我的就是你的。"

周舍心中大喜，回到家里飞快地写了休书，把宋引章赶走了，然后他回到旅舍找赵盼儿。

"那妇人吗？"店小二说，"你刚出门，她马上就走啦！"周舍急忙去追，把两个妇人同时追上了。

"引章，你是我老婆，往哪里逃？"

"我已经有了休书。"

"休书该有五个指模，这休书只有四个指模，不算数。"

宋引章忙掏出休书来看，周舍一把抢去咬碎了。

"赵姐姐，休书被他毁掉，怎么办？"

赵盼儿跑来相救。

"哼！怎么办？"周舍得意地大笑起来，"连你也是我老婆。"

"谁是你老婆？"

"你吃了我的酒。"

"胡说，是我车上的好酒，什么时候变成你的了？"

"你受了我的羊？"

"明明是我的羊！大家都看到的。"

"你接了我的红定！"

"你哪来的大红罗？你忘了，那也是我的！"

"你发过重誓要嫁我。"

"誓言吗？"赵盼儿大笑不止，"欢场里的誓言哪能听呀，要信这些誓言，花街柳巷，大家早就死得绝门绝户啦！"

"姐姐，我怎么办？"引章哭起来，"我的休书没了。"

"我就知道你这种傻蛋会上人家的当，"赵盼儿不慌不忙地说，"我哪会把真休书给你，放心，真休书在我手上，撕坏的那份是我用来逗他的假休书。"

盼儿领着引章扬长而去。

而安秀才，仍在等着引章，他们终于结了婚，而介绍人呢？当然是赵盼儿了。

汉宫秋

元·马致远

作者马致远，号东篱，大都人，曾任江浙行省务官，与关汉卿相较，他更重视文辞的典雅醇正，所撰杂剧十七本，今存七本，除本书所收集一本外，较出名者为《青衫泪》《岳阳楼》《任风子》《黄粱梦》（多与道教思想有关）。马氏散曲作品尤为识者推崇，明朱权赞为"朝阳鸣凤""振鬣长鸣、万马皆喑""宜列群英之上"。

"大块黄金嘛，我任意抓，生死王法呢，我全不怕！只要生前有钱财，嘿嘿，死后哪管人唾骂。"毛延寿一面暗自呢喃，一面数着金子，两个眼睛乐得眯成一条缝。

"哼，干我们这一行的，"数了一会，他又继续自言自语，"只要我开口，哪个美女不是乖乖地送钱来。皇帝三宫六院，哪里有工夫去细挑慢拣？这样一来，当然就要靠我这画工啦！进宫美女的命，全在我这本画册上，凡是肯奉上银子的，我就把她们画得比别人漂亮些。皇帝反正是按图挑选，说不准就当上皇后了呢！就凭这点，多要她两个钱不也是很应该的吗？"

"可是，"他眉头一皱，想起一件事，"我一辈子没有碰到过这种窝囊事，居然有个叫王昭君的敢不买我的账。她说她家里穷，出不起。其实，也是仗着自己长得的确比别人漂亮。再说，最主要的，我看是她这人生来心高气傲。哼，也不想想，我毛延寿岂是你一个小宫女开罪得起的？"

说着，他站起身来，把刚完成的一百幅新进宫的美女写真图又翻了一遍。王昭君实在是里面最漂亮、最出众的一个。他看着看着，忽然一笔点下去，把王昭君的左眼涂瞎了。

"哈哈，"他咭咭地笑起来，"我的瞎美人，你好好等着到冷宫里去过日子吧！"

深夜，后宫。

王昭君在烛光下轻轻弹着琵琶，许多夜晚以来，她已习惯用这种方式来打发内心的凄惶。在轻拢慢捻中她想起故乡西蜀，想起田垄间的故宅以及慈爱的父母……

"为什么？为什么一个女人生得漂亮就要让人带走，就要跟父母分开，就要给带到这种寂寞无聊的地方来？"

没有人回答她的问题，她幽幽地叹了一口气，继续弹她的琵琶。

"去问问是哪一位宫女，"汉元帝在门外听了半晌，叫小太监进去问，"琵琶弹得真是好——不要吓着她。"

王昭君惶恐地跑出来迎驾，她是太惊讶了，一直不能相信面前真的站着一位皇帝。

皇帝也惊住了，虽然惯于看到如云的美女，他仍不免被眼前的美人吓一跳，除了容颜美丽，她的谈吐和气质也是极少见的。

"去把新进宫的美人写真图拿来我看，"元帝有些动了疑，"我不记得在图画上看过这样的绝色女子。"

美人图拿来，王昭君的左眼居然是瞎的。

"怎么会把这样的美人画得瞎了一只眼？"元帝暴怒，"我看是那画工瞎了两只眼。"

"我没有钱，不能贿赂画工把我的容颜如实地画下来——这世界倚权仗势、瞒上欺下的人多着呢！"

元帝一方面为这稀世的美人而惊喜，一方面也为弄权的小人而震怒，他命令手下立即拘捕毛延寿来斩首。

"你是什么人？"单于王听说有汉朝大臣来，亲自来问话。

"我是毛延寿，来献大人一幅美人图。"

"哎呀！"单于王一看之下，眼睛几乎不能再移开，"这是谁？世间真有这种绝色美人？"

"这是王昭君，"毛延寿由于消息灵通，跑得快，算是被他脱逃一命，没想到他又跑到这里来撞骗，"大王有所不知，这王昭君呀，真人比画上还更好看呢！上次大王到汉朝去求亲，这王昭君也自愿要来做大王的阏氏夫人呢，汉王哪里舍得，还是我毛延寿明理，我说：'当然以两国结亲最重要啦，做皇帝的怎么可以贪恋女色，舍不得放人呢？'"

单于王信以为真。

"好，我一定指名索讨王昭君来！"

毛延寿的脸上又出现了他那惯有的阴险的笑容。

"嘿嘿，王昭君，没想到你还真有皇后命呢！——不过，看样子是番邦皇后哩，这你可没想到吧？"

尚书得到求亲的消息，忙去奏告元帝。

"'养军千日，用在一时'，哪有自家将士畏刀避箭，却叫一个女子去和番的道理！"

"兵甲不利，猛将全无，"尚书分辩道，"真要打起来，有个失利怎么办？一国生灵怎么办？陛下还是以社稷为重吧！"

"文武三千队，中原四百州，一旦国家有难，就只知道靠这个法子来姑息吗？"

"陛下还是以社稷为重，"无能的尚书把这句话重复又重复，"对方有百万雄兵哪！"

"妾既蒙陛下厚恩，"昭君自己说话了，"当效一死，以报陛下，妾情愿和番，得息刀兵。"

好了，昭君愿意去了，文武百官都松了一口气。

元帝又恨又怨，喃喃地骂个不休："别说昭君娘娘，就是你家丫鬟，你叫她去塞外苦寒之地，她肯吗？"

但是，连皇帝也无可奈何，势在必行，番使甚至说好了出发时间。

一杯别酒，昭君含泪上马，西行而去。

大漠茫茫，走到番汉交界的河，昭君要了一杯酒，倾洒祝祷，然后跳入江中自杀了。番王惊救不及，只能眼见着滚滚河水卷着那绝色女子一路远去。

深宫里，汉元帝在秋来的阵阵雁声中不胜凄凉，忽然，只见门开处，昭君竟回来了。

"我趁人不备，私下逃回来了，陛下……"

"好啊，我才一眼不见你就逃了！"一个恶狠狠的番兵同时追了进来，一把捉住昭君，"跟我回去！"

元帝猛然一惊，醒了。

只有昭君的像挂在墙上，只有北方的大雁，拖着凄凉的鸣声，阵阵南翔……

天亮了，毛延寿被番兵绑着，带上朝来。

"昭君既然已死，"尚书奏报，"单于王仍然愿以姻亲相待，还特别将这不忠不义的毛延寿解来我汉朝斩首。"

元帝厚犒使者，彼此尽姻亲之礼而去。

该杀的杀了，该祭的祭了，两国通好，四海平靖，每件事都很上轨道——只是那一年的雁声，不知为何叫得那般彻骨凄凉。

倩女离魂

元·郑光祖

作者郑光祖，字德辉，山西平阳人（今临汾市），有杂剧十五本，今存四本，其中《㑇梅香》《王粲登楼》皆有盛名，元钟嗣成《录鬼簿》（一本讨论剧作家和剧作品的专书）谓："以儒补杭州路史，为人方直，不妄与人交，故诸公子鄙之，久则见其情厚，而他人莫之及也。病卒，葬于西湖之灵芝寺。"

此剧情节系就唐人陈玄祐之《离魂记》改编。

"小姐，夫人有请。"

倩女抬起头来，她今年十七岁，两只眼睛清炯炯的，有着孩子式的好奇，却又有一份怯怯的温柔，偶然，也闪过一丝慧黠和叛逆的奇异表情。

"什么事？"

"我也不太知道，好像有客人来了，夫人要你见见，快点去吧！"

果真有个少年在座，倩女低着头，安分地走向前去。

"倩女啊，来拜见这位哥哥！"母亲说。

"哥哥！"倩女柔顺地叫了一声。

"奇怪啊！梅香，"回到房间，倩女和丫头谈起，"母亲让我叫那人哥哥，不知道是什么亲戚？"

"哎呀，小姐，"梅香鬼灵精地笑起来，"真好玩，就你自己一人不知道，这就是给你指腹为婚的那位王秀才啊！"

"什么？他就是王文举啊？"

"对啦，听说他要去京师考试，路过这里，来拜见准岳母呢！"

"不要胡说，"倩女心情显然不好，"妈妈居然叫我喊他哥哥，这是什么意思？"

"小姐，"梅香说，"王秀才长得真英俊……"

倩女不说话。

"我看老爷虽然不在了，老夫人未必会悔约，只是你想想看，这王秀才父母全没了，又不曾留下什么钱财，王秀才自己的功名又未成，一个秀才又抵得了什么事？夫人哪里舍得把你这么娇滴滴的大小姐许给他那个穷秀才？但是，夫人既然让你们见了面，事情还是有望的，我看，王秀才要是能挣点功名回来，事情就十拿九稳了。"

倩女看了梅香一眼，心烦意乱地走开了，虽然梅香很热心，并且相当聪明，可是，她不想理梅香，她心里被那陌生的脸孔所占据了，忽然觉得母亲俗不可耐，觉得自己无限委屈。

而在书房里，王文举也坐立不安。书房是夫人要用人仔细打扫布置过的，茶饭也侍候得殷勤周到，他本来不想住下，夫人那种又客气又冷淡的态度让他自卑，他只想一路到京师去算了，可是夫人又一定要留他住两天。

"不知道倩女晓不晓得我是谁？居然会要她叫我哥哥，唉……"

他想到她也正在这栋房子里的某一间屋子里，不知道她那灵动而微带惊奇的眼睛现在闭上没有？他叹了一口气，重新勉强自己继续看下一页书。

"孩子，"老夫人转头对倩女说，"你替哥哥把一盏酒，算是送哥哥行！"

"是。"

西风吹过折柳亭，四野一片凄凉，倩女低着头，满满地倒了一盏酒。啊！如果人的心也像酒就好了，她可以把自己的一片情意都倾注给他，一直倾注，一直倾注，一杯永远满溢的酒，直到地老天荒。

"哥哥，满饮一盏！"

王文举接过酒，一饮而尽，只觉全身的血一时都沸腾起来。

"伯母，"他望着老夫人，"孩儿就要到京中应考去了，当年先父母曾跟伯父母指腹为婚。但这一次，伯母却要我与倩女小姐以兄妹相称，伯母，孩儿不懂您的意思，但伯母怎么决定，孩儿都没话讲，只求伯母明说！"

"嗯……这事，我也有个道理，我们家三代不招白衣秀士，你也并不是没有真才实学，我看还是先到京中进取功名，然后谋得一官半职，再回来成亲，也不算晚啊！"

"谢谢伯母指教！"他忽然站起身来，感到屈辱，却不愿服输，"承蒙招待，不胜感激，孩子这就去了！伯母、小姐，保重了！"

老夫人望着王文举备好了马，一面也吩咐下人备自己和小姐回程的车，多年的寡居生活，早已把她训练得冷静、能干和笃定。

行行重行行，漫长的旅途望之不尽。而这一夜，王文举泊船江岸，在明月芦花间静静地抚着横在膝上的古琴。

琴韵中猛抬头，他看见岸上恍惚有个眼熟的女子身影。

"谁？是倩女吗？"

"是的！"女子走得更近，只见她的脸上流着汗，头发散乱了，声音也气喘吁吁的，"我背着母亲偷跑来了！"

王文举放下琴，站起来，大惊失措。

"你，你坐车来的？还是走来的？"他不该问这么句莫名其妙的话，却不知怎么找不到其他的话说。

"我，我走来的，反正在家里，也是魂思梦想，牵肠挂肚。"

"老夫人知道了怎么办？"

"我已经跑出来了，知道了又怎么样？"倩女的头发在风中被吹起，月下，她的眼睛清亮而灼人，"俗话说得好：'做了，就不怕!'"

"可是,可是,"王文举不知道怎么应付这种事,"古人说:'聘则为妻,奔则为妾。'老夫人已经答应,只要有功名就可以娶你,名正言顺的,不好吗?你这样跑来,算个什么呢?"

"你不要生气,我的主意已经拿定了。"

"你回去吧!"

"我回去,你一旦及第,就会去做相府的贵门娇客!"

"我不会这样贪心!"

"到时候你会身不由己!"

"小姐,你只想我考中的事,你难道没想过我也有可能考不中吗?"

"不中就不中,我一样可以荆钗布裙,跟你同甘共苦一辈子。"

"你……"王文举被她晶亮的眼睛看得愣住了,他没有想到那小女子有这样桀骜不驯的性格,"你愿意跟我一同上京去吗?"

"当然,我们现在就叫艄公连夜开船吧!晚了,说不定家里有人追上来!"

船的帆扬了起来,王文举觉得自己在做梦。

春天了。

王文举愉快地伏在桌上写信:

"寓都下小婿王文举拜上岳母座前:自到阙下,一举状元及第,待授官之后,文举同小姐一时回家,并恕不告而娶之罪,万望尊慈垂照，不宣。"

"张千，"他叫来用人，"把这封平安家书带到衡州去，找张公弼相公家，交给老夫人。"

张千拿了信，一路奔波，找到了张家。

"请问这里是张公弼相公的宅子吗？"

"这里就是！"应门的是梅香，"你有什么事儿？"

"我们相公得了官，叫我带封平安家书来报与夫人！"

"啊，你进来。"

梅香一高兴，没有告诉老夫人，就把他带到倩女房间去了。

张千站定，恭恭敬敬递上信，抬头一看，不禁大吃一惊：

"天哪，怎么这里有个小姐，长得跟京中的夫人一模一样？"

那小姐接过信来，张千这才注意到这位小姐很疲倦，像是久病不愈的样子，但是在那副病恹恹的容貌之后，仍有着掩不住的秀丽眉目。张千望着那小姐，只见她一面看信，一面流泪。

忽然，她叫了一声："啊！他已经另娶夫人了！"

说着，便昏倒了。梅香急得赶快去救，好一会儿，那小姐才转醒，小姐一醒，梅香松了口气，一时想起来，竟去找了根棍子来打送信的张千。

"哼！都是你害的！"

"天哪，这是怎么回事？"张千一面赶紧逃，一面也有些抱怨，"相公说叫我送平安家书回来，看样子，寄的却是一封'休书'，真倒霉，可怜那小姐气昏了，也难怪梅香要打我。"

回到京中，他不敢提起此事。

又是春天，距离王文举第一次到倩女家已有两年半了。很幸运的他分发了衡州府判，算是衣锦还乡了，一对郎才女貌的璧人一路行过绿杨红杏，回到衡州。

"母亲，"王文举跪在老夫人面前，"请你饶恕我的罪过。"

"你有什么罪？"过了这些年，老夫人看起来憔悴多了。

"我不该私自带了小姐上京。"

"你说什么？小姐明明在家里，一步也没出门啊！你把你说的小姐叫来我看。"

王文举从车上把畏罪不敢直接进来的倩女带了进来。

"啊！"老夫人一看也呆了，"她一定是鬼，是妖怪！"

王文举一听这话也慌了，立刻抽出剑来："你老实说，你是何方妖精，你不照实说，我就砍你个一刀两断。"

"妈妈！"倩女悲号了一声，"您是不是在用手段叫王文举杀了我，好保全家声？相公，你看在我们的恩情上面，放我去跟母亲说的小姐当面对证去！"

"好！"老夫人也犹疑起来，"文举，别杀她，我们去对证！"

倩女走入当年的闺房，神情脚步一时竟恍惚起来，走到床前，只见梅香正拥着个半死的小姐，而那小姐，竟跟自己长得一模一样。

忽然，她身不由己地扑上前去，和病得昏迷的小姐合成一体，就在这时，昏迷的小姐忽然张开了眼，痊愈了。

"刚才那个小姐，附在我们家里这位小姐身上，"梅香急得说不清，"然后，小姐就醒过来了。"

老夫人和王文举一时都看呆了。

"我，我得官的时候就寄过一封信回来。"

"谁看得懂那信？"小姐娇嗔地说，"我听说你娶了夫人，气得昏倒，我怎么知道你娶的就是我？"

原来，自折柳亭一别，矛盾的倩女竟把自己分裂成两个，她的魂灵做了叛家的私逃女，去追寻她的爱情，而她的身体病恹恹地躺在家里，做一个守礼教的乖女儿。

女儿病好了，女婿也功成名就，老夫人很满意，觉得能向列祖列宗交代了。前面的事过了就算了。她吩咐用人杀羊备酒，她要为他们举行一个最光彩、最盛大的婚礼。

梧桐雨

元·白朴

白朴，原名恒，字仁甫，改字太素，号兰谷，真定人（今河北正定县），一说陕州人（今山西河曲附近）。作杂剧四本现存两本，皆选入本书。曾官至金枢密院判官，金亡不仕，遂遨游以终。

清晨，大唐天子明皇上朝。

有人从边疆押解了失职战败的番将安禄山来交给皇帝裁决。

"按照惯例，"丞相张九龄奏告皇帝，"这人应该处决！何况这人长相奇异，留着可能后患无穷！"

明皇望下去，只见那人又矮又胖，眉宇间有一种黠伶的样子。

"你有什么武艺？"皇帝问他。

"臣能左右开弓，十八般武艺，没有一样不会的，而且，臣还通晓六番语言！"

"你的肚子这么肥大，里面装的是什么呀？"

"一片赤胆忠心！"

皇帝看他说话有趣，不理会张九龄的劝告，赦了他的死罪。安禄山一听说有了活命，立刻手舞足蹈起来。

"这又是干什么？"

"这是'胡旋舞'。"

"哎呀，陛下，这人真好玩，"杨贵妃在一旁给逗笑了，"还会跳这种什么胡旋舞，留着给我解解闷吧！"

"好呀，你领去，"皇帝说，"送给你做干儿子！"

张九龄和杨国忠很不以为然，不过也没有办法。

后宫中传来喧哗嬉笑声。

"是什么事这么高兴？"皇帝觉得很惊讶。

"贵妃娘娘在开玩笑。"一位宫娥很兴奋地说，"她说她刚得了这个儿子，所以要做个'洗儿会'来热闹热闹！"

"好哇！"明皇也很有兴致，"替我拿一百文去给他做贺礼。"

送完了礼金，皇帝想想，既是贵妃儿子，也就是自己的儿子，总得封个官吧，他本来想封他个朝中的官，但张九龄和杨国忠极力反对，明皇只好改封他一个"渔阳节度使"的官。

"唉，这两个人真可恨！"安禄山敢怒不敢言，"表面上看，渔阳节度使的官还大些，但这样一来就不能留在京里了。可恨呀！贵妃娘娘那么迷人，留在宫中多少也可以勾搭勾搭，现在，却只好走了，不过，哼！你们看着吧！我还会回来的！"

七月七日是传说中牛郎织女天河会的日子，贵妃带着宫娥，在夜色中挑着绛纱灯，来到长生殿的院宇中，设下鲜丽的瓜果，和民间女子一样，向天孙（织女）乞巧。明皇悄悄走来，把一只钿盒子和一对金钗送给贵妃，却只见贵妃拿着另外一个小盒子，神色诡秘地关了只小蜘蛛在里面。

"这是做什么？"

"明天早上打开，看蜘蛛丝密不密，密的话，就是我求到的巧多；稀，就是我求到的巧少。"

"你已经夺到了六宫的专宠，还要怎么巧……咦？那边红蓝彩线绑的又是什么呢？"

"啊，那是今天晚上供奉牵牛星用的，叫'种五生'，前几天，我们把绿豆、小豆、小麦什么的泡在瓷器里，等泡发了芽，就用红蓝彩线束起来，很好看吧？"

拜完了牛郎织女，明皇跟贵妃在秋庭中散步，初秋的风，吹来有几分凄凉。

"牛郎织女见了面，可是，恐怕立刻又要分手了吧？一年才这一次，也不知道他们平常想念不想念？"

"怎么会不想呢？神仙也会害相思病的呀！"明皇笑道，"要是比幸福，我这个凡人是赢定了。"

"可是，他们是神仙，他们可以天长地久地一直年年会面，而我，一旦春老花残，你就会去宠爱别人……"

"胡说，哪有这种事！"

"你能跟我盟誓吗？"

"好，神明在上，我与你，今生偕老，百年之后，生生世世为夫妻。"

"盟证是谁？"

"刚才的钿盒金钗算是信物，证人嘛，就叫牛郎织女做吧！"

天淡云闲，长空中数行大雁，明皇和贵妃在御园中对酌，忽闻四川使臣来了。原来四川使臣已经连跑许多天，为的是把新鲜的荔枝及时进贡给贵妃尝新。

"这荔枝真可爱，也真好吃。"贵妃高兴地笑了。

酒过三巡，贵妃把新编的《霓裳羽衣舞》跳给明皇看。江山平静，美人当前，花园中是一片干爽的新凉，真是美满快意，明皇亲自捧盏，为舞罢的妃子劝一杯酒。

忽然，丞相李林甫慌慌张张地跑了进来：

"不得了！边关飞报，安禄山造反！大队军马一路杀来！陛下，国家长期太平，已经没有人会打仗了，怎么办啊？"

"贼兵压境，你们众官应该计议，好好出征才对啊！"

"京营里剩下的兵不到一万了，拿什么去打啊，连哥舒翰那样的名将都打不过他，这里将老兵衰，哪一个是去得的？"

"依你，有什么计策呢？"

"陛下还是到四川去避一下锋头，再作计较。"

推开满桌荔枝的残皮剩核，一段欢乐乍然停止。

大军向西走，江山留给太子、郭子仪和李光弼去守，蜀道艰难，明皇知道，他既把责任交出去，权利也就没有了。

走到马嵬坡前，六军喧哗，再也不肯走了。

"发生了什么事？"

"陛下，"将军陈玄礼说，"众军士说，国有奸邪，奸邪不除，大家不能服气。"

"谁是奸邪？"

"杨国忠，贵妃的哥哥，他恃宠误国，况且敌人也是打着名号要杀他，今天不杀他，军心难平。"

呐喊四下响起，像野兽的低嚎，明皇犹疑了，杀了他，贵妃伤心，不杀，社稷难成，而他，却不幸是一个必须以社稷为重的皇帝。

"好吧，随你。"

众军士拥上，一刀杀了杨国忠，而其余的，仍意犹未足地站着不动。

"继续开拔！"

没有人移动，凶恶的眼睛狠狠环伺着。

"人已经死了！该走了吧？"

"他们不放心，"陈玄礼上来解释，"既杀了杨国忠，贵妃也不宜留在陛下身边，还希望陛下割一己之私，正天下之法！"

"贵妃何罪？"

"贵妃或许无罪，但杨国忠已死，贵妃又常在陛下左右，将士怎能自安？怎保她不伺机谗言，为报兄仇？请陛下除贵妃以安将士之心，将士安，陛下方能安，国家才能安！"

"陛下，"贵妃惊叫，"数年恩爱，就落得如此吗？"

"妃子，六军变心，连我也不能自保……"

"陛下……"

"高力士，"明皇背过脸去，"你引她到佛堂中，给她一匹白练，等她气尽，再叫军士查看。"

"陛下，你好忍心！"

"不要怨我，我无能为力……"

高力士捧着妃子的外衣出来，低声说："娘娘已经死了。"

六军疯狂地冲上来，如雨点的马蹄踏在贵妃的尸身上，一代美人，就这样被人践踏着，明皇无助地哭出声来。

再次回到长安，明皇已不再是皇帝，儿子登了基，他退居太上皇。

重享太平并没有带给他欢乐，马嵬坡的记忆使他愁惨悲伤。时序又是秋天了，还是那棵梧桐树，在树下，他们曾说过傻傻的誓言，在树下，她曾为他起舞。而今，雨打梧桐，华清池、长生殿、沉香亭赏牡丹以及最后的霓裳羽衣舞……却只能反复在他的梦魂里出现。

沿着梧桐叶卷曲的舟形边缘，秋雨点点滴滴地落下、落下，像一个讲不清的悲伤的宫廷爱情故事。

第二章

传奇五大重要作品

荆钗记

明·朱权

一般相信本传奇的作者是朱权，朱权为明太祖第十七子，封宁献王。晚年又号"涵虚子"及"丹邱先生"。精通音律，著《太和正音谱》，品评曲家，订正曲谱，极受重视，著杂剧十二种，除本传奇外，皆亡佚。

王十朋从小失去父亲，在南方的温州城里和母亲相守着，过着清寒的日子，偏偏他又选了最坎坷的一条路——读书，眼看成年了，却一事无成。

同一个城里，却有一个富户，叫钱流行，他也算是个读书人，曾考取过贡元，他带着一个十六岁的女儿玉莲以及续弦的妻子一同生活。

暮春时节，温州城一片红紫纷纭，而这一天，是钱流行的生日，玉莲捧着酒为爹爹上寿，她是如此乖巧美丽的一个小女孩，像她早年死去的母亲。钱流行举起酒来，想起生平事，除了早年丧偶，后来胡乱娶个"继室"凑数不太惬意以外，一切都算平平顺顺了。

就在这时候，他在幸福的感觉中开始为女儿的婚事忧愁了，她十六岁了，他要为她选择怎样的一生呢？许多年来，他对她几乎有些内疚，她是个太好太懂事的女孩，好得让他心疼。

"听说王十朋那个年轻人不错，家里虽穷，倒是个规矩孝顺的孩子，而且，依我看，将来一定有出息。"

生日宴之后，他的主意越来越拿定了。

秋天来了，众秀才去参加堂试，王十朋脱颖而出，成为魁首，不过，那还不算最正式的考试，他的命运要看明年的春闱。

听到一声咳嗽，许文通跑了出来，奇怪，住在这种隐蔽的地方已经多年都没人上门了，今天会是谁呢？

"原来是钱老贡元。"

"老朋友了，我也不转弯抹角啦！我女儿年纪差不多了，想找个女婿。我很喜欢王十朋那年轻人，你可不可以当个媒人？"

"你富他穷，这亲事应该不难的。"

王十朋的母亲张氏正襟坐好。

"孩子，有句话我要跟你说。"

"是的。"王十朋放下书。

"春榜要开了，你要上京去赶考了吧？"

"是的。"

"前天，钱老贡元请许老先生来说媒，他想把玉莲跟你结亲，你自己怎么想？"

"我？我现在什么事业学业的基础都没有——"

正在这时候，许老先生又来了。

"很谢谢钱老先生的厚意，但是贫富悬殊，小儿又学业无成……"

"钱老先生是个很有见识的人，从来不会嫌贫爱富的，依我看，聘礼也只是个意思，是个信物，不如随便给个什么，把这门亲事定下的好。"

"玉莲的人品其实谁不喜欢？"张氏心动了，"但我们家十几年来，孤儿寡母，哪有什么金器银器，我随身用，只有这个荆钗了。"

张氏说着，顺手从头上把头钗拔下来，那是一个木质的、轻便的，因为使用日久而显得有点古铜色泽的头钗。

"啊，也可以啦，"许老先生说，"从前孟光就是钗荆布裙的朴实女子，这倒是个好兆头，将来这小两口也会跟梁鸿和孟光一样和乐幸福的。"

王十朋有个同学叫孙汝权，肚子里一点学问和见解都没有，但却是温州城里第一号财主，年纪也老大不小了，还没有娶亲。

有一天，他偶然在一家题着"为善最乐"的人家门口，看见一个小姐，长得十分漂亮。

"朱吉！"他回家来，大声叫管家，"你知道，门口写着'为善最乐'的是哪一家？"

"是钱贡元钱流行家，我常经过。"

"他家女儿长得可真不赖。"

"咦，那就去说媒啊，钱家对门有个烧饼店，那卖饼的张妈妈就是钱贡元的妹子，找这位姑妈当媒人，不是现成的吗？"

孙汝权喜得抓耳搔腮的，立刻跟朱吉去办事。张妈妈听了，倒也很高兴，何况，孙家的聘礼很风光，一对金钗，外加白银四十两，事成之后，媒人自有重酬。

"王家的聘礼来了，"许老先生来到钱府，"太轻微了，不知该不该出手。"

"哪里话，又不是卖女儿，聘礼是个意思罢了——哎，这种荆钗蛮有意思的，倒像古董呢，哈哈，说不定就是当年梁鸿的妻子孟光用的那一根呢，麻烦你告诉王老太太，我收下了，事情就这样定了。"

"哼，这种一分银子可以买上十个的烂东西你也收，"钱太太走了出来，"我看哪，要娶媳妇也真好办，一分银子够下十家聘礼啦，可以一口气讨十个媳妇咧！"

"哼！你这种女人真没见识！我喜欢王家那孩子，你又怎么样！"

两个人正赌着气，张妈妈的大嗓门一路嚷了进来。

"哥哥，嫂嫂，大喜啊，有人看上你家女儿，托我说媒来了。"

"别提了，你哥哥已经许了王十朋家了。"

"哎哟，那两个母子穷鬼，穷得连老鼠都不敢上他家去的，嫁他家做什么？"

"你想说哪一家的媒？"

"温州城里第一财主孙汝权啊，你们看这一对金钗，还有四十两银子。"

"哟，哟，真漂亮，这金子成色真好！"

"妹妹，你来晚了，已经说好王家了。"钱流行别过头去。

两个见钱眼开的妇人死不罢休，唠唠叨叨地一直说个不停。

"算了算了，"钱流行一人敌不了两人嘴，"你们有本事就直接找玉莲谈去，荆钗、金钗、王家、孙家，随她自己，我不管了！"

"爹爹先许的是王家，我就选这荆钗。"玉莲坚持。

"死丫头，你不要以为我不是你亲娘，就不听我话，其实，还不是我给你饭吃，你才长大的。你现在倒来逞强，连我的话也敢不听，我告诉你，我丑话说在前面，你要嫁王家可以，嫁妆可是一件也没有！"

玉莲低首不语，钱老爷为恐婚事多变，把婚期匆匆订在翌日，玉莲到亲娘祠堂里哭了一阵，又站在门外，向不再理会她的后母拜别，便这样寒寒碜碜地嫁到王家了。

虽然婚事准备得很仓促，场面也很冷清，但两人都是诚心诚意的，一点不觉潦草，新家庭里充满和悦的气氛。钱老爷听说女儿女婿恩爱，也高兴不已。他甚至打点了银两，交给女婿去赶考，又怕剩下婆媳两人住，被人欺负，所以干脆把她们接回家里一起住了。

京城的竞争过程十分激烈，但王十朋终于得了头名状元，丞相看他少年英俊，打算把女儿多娇嫁给他，以他为半子。

"我家里已经有妻子了。"王十朋老老实实地拒绝了。

"人富了，就换批朋友，人贵了，就换过妻子，你不懂吗？"

"丞相没听过？'糟糠之妻不下堂，贫贱之交不可忘'。"

丞相恼羞成怒了，竟运用职权，把他发表的江西饶州的官改到广东潮州。在当时，潮州算是烟瘴之地，一般人视为畏途，王十朋倒无所谓，能逃开丞相的逼婚，潮州就潮州吧。当下写了封平安家书，把事情本末说了，然后托了个人寄信。

事情就有那么巧，那不学无术的孙汝权，在京中落了第，也想找人带封家书，听说有人回温州，就请他一齐带去，他请带信人趁他写信时出去喝一杯再来。没想到带信人一走，他竟偷拆了王十朋的信，在里面重新填了封满纸不通的信，大意是把拒婚改为成婚，并且劝玉莲再嫁算了。

玉莲婆媳接到这样的信，纳闷不已，钱老爷更是气得要命，满街乱走想找人打听。刚好孙汝权也回来了，听说他也是京中考完试回来的，便想跟他探个虚实。

"呀，你可问对人了，"孙汝权别的本领没有，骗人倒很内行，"我亲眼看见的，他入赘丞相府去了，唉，那负恩的人。玉莲如果早嫁给我就好了，不过，现在也还不晚，我马上就送黄金百两，缎子百匹来迎亲吧！"

钱老爹也不知该怎么办了。

"我丈夫是个善良的读书人，我就不信他真会忘恩负义，"玉莲抵死不肯答应新的亲事，"就算是真的，我也情愿守节。"

"哼，'守节'这种字眼嘴上讲蛮好听，"后母不屑的话，"真要叫人守，我是一个时辰也守不住的。"

为了贪图孙家的财，后母成天逼玉莲改嫁。逼急了，玉莲只好半夜跑到江边，把绣鞋往江边一脱，纵身江流而去。这一来，钱老爹气得和妻子吵翻了天。孙汝权因为白下了财礼不见新娘也差不多要大打出手。王老太太只好别了亲家去依儿子，临行，她到江边去痛哭祭拜了一番。

等着要上潮州做官的王十朋很惊讶母亲一个人来了，母亲却遮遮掩掩不肯把话说清楚。岳父家里的老管家也是一样，一下说小姐随后来，一下子又说小姐病了，王十朋猜疑不定，待他看见母亲戴的孝，疑惧就更加重了。

"都是你害的啊，"老婆子忍不住哭了，"你停妻娶妻，入赘了丞相府，亲家母逼她改嫁孙汝权，她不肯，又拗不过，一时想不开，竟……竟投江死了……"

"我没有做过这样的事儿！也没写过这样的信！"悲痛气愤，

又怎么说得清。

死者已矣，而旅途匆匆，母子俩还得赶赴潮州，早知求取功名要牺牲那么多，他倒宁可贫贱夫妻相守度日。而今，生死两茫茫，他只能奠上一杯酒去告祭亡魂了。

事实上，玉莲很幸运，她没有淹死，反而被温州城钱太守的船捞起来了。钱太守正改调福州，由于同姓钱，就认了义女，再听她一说身世，愈发疼爱她了。钱太守到了福州，差人去打听王十朋的消息，那糊涂的信差拿了信去，过了些日子又原信带回，只说到了那地方，听说王公由于不服水土，全家都死了，究竟是哪个王公，他也没分辨清楚。

两个人就如此好事多磨地乖隔着，各人都以为对方已死了。

五年过去了，王十朋治理潮州颇有政绩，便被改调回到吉安。吉安和温州很近，他差老管家去迎请岳父母来奉养。钱老爹这才知道王十朋一点不曾负心，但是，玉莲死了，事情澄清又能如何呢？正在这种悲哀无奈的伤感中，孙汝权居然一状告到温州判官那里去，说钱流行赖婚。判官姓周，刚好是王十朋同科的朋友。案子正问到一半，王十朋的信恰巧到，他已调查了整个事件，也找到当年的带信人，把孙汝权偷改信件的事揭穿。孙汝权当场从原告变成被告，罪证确凿，先挨了四十大板子。

上元节（注：即正月十五），王十朋往道观中拈香悼亡，玉莲也去荐亡灵，香烟缭绕中，他们远远相望却又不敢相认，两人都觉得只是自己的幻觉。

"那是谁家女子？"

"钱太守家的。"

王十朋怅然若失。

"梅香，"玉莲问丫鬟，"那人是谁？"

"别提那人了，上次老爷要给你提亲的就是他，也不知是什么名字，只听说是王太守，你当时死不答应的。"

这一幕都给钱太守看在眼里，他想了个办法来解决这问题。第二天，他把王十朋请到家里，席间他说有一件"宝"要让大家鉴定，大家都不知这灰暗的不起眼的东西是什么玩意儿。但东西传到王十朋手上，他却不免一惊：

"这……这是家母插戴的，后来……后来又权充我娶妻的聘礼……"

故事既然说开了头，王十朋忍不住一路说了下去，直说到上元节悼亡的香火中恍惚望见亡妻的伤痛……

看到他的真情，钱太守满意了，他叫丫鬟带出玉莲，他们之中有一长串的故事要说个清楚。那不急，反正他们有的是一辈子的时间。大团圆也许是个庸俗的结局，但作为一个慈爱的义父，他还是乐于看到这一切的。

白兔记

元·佚名

作者不详，一般假定为元代作品，然"李三娘磨坊产子"，是民间流行之"受苦"及"母子团圆"之同类情节中极受欢迎的一个故事。

大雪纷飞，整个李家庄一片纯白。

今年的收成好，大家备下福礼三牲到马鸣王庙来祭谢，另外还有些酬神的热闹节目，像跳鬼判的，踏高跷的，舞狮豹的，做杂耍百戏的，显出一片升平景象。

今年主祭的社主是李文奎，他正恭恭敬敬地拜下去，忽然，空中一只金龙爪伸下，把个全鸡拿走了。

"这真是怪事！"李太公惊讶不已。

祭完了，他听到神幔后面吵打起来。

"这人偷我的鸡。"庙祝抓住个青年男子不放，男子手中拿的正是刚才祭神用的鸡，照例这只鸡是归庙祝的。

"别吵啦！"李太公过来调解，"他是我远房侄子，你放了他，我另外赔你一只鸡就是了。"

李太公把这人带到外面，"我看你长得相貌堂堂，你叫什么名字？你随便去干什么都可以混个出息，为什么窝在庙里偷鸡呢？"

"谢谢老爹好意，我姓刘，名暠，字智远。"那人羞愧得有点口吃起来，"我……从小死了父亲，跟着母亲改嫁……没人管教，不曾学好，后来，母亲也死了，我终日浪荡……没个正业……"

"唉，人都有个错，"李太公不忍把话说重了，"你就到我家里来种地吧，有你一碗饭吃的。"

"今夜不必再睡马鸣王庙了！"刘智远心里想。雪下得更大了，红红的炉火在村子尽头等他们回去。

刘智远初到李家，生活并不如意，李太公为人虽然宽厚，他的儿子、媳妇和太太却都不喜欢他，觉得他是吃闲饭的。好在李家的小女儿三娘对他还算仁慈。

刘智远其实并不是偷懒，只是庄稼方面的事他一窍不通，完全搞不来。李太公把他调去牧牛养马，成绩倒是好多了。更意外的是，一匹多年来大家头痛不已的暴劣乌骓马也被他降伏，一点脾气也没有了。这天，天特别冷，刘智远也没什么冬衣，太公赏了他几杯酒好御寒，他吃了，就倒在牛棚里大睡了一个暖和的觉。

李太公出来巡行，不知怎么搞的忽闻雷声大作，太公以为要下雨，忙差遣小厮去收房上晒的东西。然后，他才忽然发现，原来是刘智远的鼾声，整个牛棚一片红光，有龙蛇在他的七窍之间游走。

李太公自从上次在马鸣王庙中看到空中的五龙爪，心里就一直疑惑，现在他更确信刘智远是个大贵人。他想留住这人，当然最好的方法就是把他收为女婿，他思忖着，要人去请三弟前来说媒，事情很快就说好了，可惜的是这么一来，家里的纠纷就更大了，但碍于李太公的面子，老大李洪一也不敢怎样。

大厅上红烛高烧，新郎新娘向父母下拜，奇怪的是，每拜一下，老人家便感到天旋地转。

一向有这样的传说，人如果被自己的父母长辈所拜或被大贵人所拜，都会头晕不支的。李太公和他的妻子竟这样一病不起。刘智远夫妻总共就只过了这几天逍遥的好日子，父母一死，哥嫂的嘴脸就不好受了。

"'吃人一碗，服人使唤'，喂，刘穷，这个道理你懂吗？"大哥说，"告诉你，你有两条路好走。一条是官休，一条是私休，反正，我不赶走你不罢休！"

"什么叫官休、什么叫私休？"

"官休，就是告到官里，我要告你用妖术邪法，把我爹娘拜死了。私休呢，你写下休书，跟三娘分手，永远别到李家庄上来！"

"我不会写休书！"

"我来教你，我念你写：'……情愿放弃妻子前去……并无亲人逼勒……'写好了没有？"

"记得休书上要盖五个实实的指模！"大嫂在一旁插嘴，一副很有经验的样子。

算了，刘智远想，一个男子汉，被人侮辱到这种程度，爱情也就不重要了，寄人篱下是没有资格享受爱情的。算了，走就走吧！他把五个指印按到纸上去。

大家满意地拿起休书，眯起眼睛来欣赏。

"你们也太狠了吧！"李三娘知道了，一把撕碎了休书，"居然敢逼人写休书，爹娘尸骨未寒，你们就这样翻脸无情！你们至少也要为我肚子里的孩子想想啊！"

她大哭不止，把当年的媒人三叔也引来了，长辈出面说话，大哥李洪一虽然不服，也只好另外打主意，换套办法再来欺负刘智远。

"妹夫啊！"这一次，李洪一居然不叫他刘穷了，"昨天的事，是我喝醉了酒，太冲撞你啦，你别记在心上啊！"

"哪里话，一家人嘛！"

"我想这样好了，我们同住一起，也很不便，不如分家，把家产分三份，我一份，老二一份，你一份。"

"我算外人，怎么好分家。"

"不能这么讲，你的那一份算是三娘的陪嫁，我已经分配好了，我跟老二各得一块地，你们呢，就得卧牛岗上六十二亩瓜园，那瓜园一年四季都有好瓜，可惜的是，常有偷瓜贼。"

"偷瓜贼算什么，我去逮几个偷瓜贼来，才显得我手段高明呢。"刘智远喜不自胜地说。

"别急，别急，"李洪一忽然殷勤起来，"先喝点酒再说。来，多喝两杯，啊，对了，这件事，你可别告诉三娘哦——"

不告诉三娘？奇怪，为什么不告诉三娘？自从岳父母死了，哥哥嫂嫂还不曾如此友善过，这种难得的喜事怎么可以不告诉三娘？

"该死！这两个恶毒鬼！"三娘听了，气得大骂，"你中了他们的计了，那瓜园里有个铁面瓜精，大白天都敢吃人的，他们是想把你送去喂妖怪的呀！"

"哈哈，一听妖怪，我的酒全醒了，妖怪在哪里？我非去斩了他不可！从前，有个汉高祖，也曾斩蛇起义的！"

"瓜精比蛇厉害多啦，何况你又不是汉高祖！"

"差不到哪里去，他姓刘，我也姓刘。"

"不要去！"

"非去不可，我生平不信邪，我们为人，顶着天地人三才，生长在三光下，就算真有鬼，我也不怕！"

卧牛岗上，瓜园的门半开半闭，四野无人，岳父岳母的坟，并列在一棵大树下。

"岳父、岳母，请保佑我！"刘智远深深地拜下去，他不能忘记老人的恩德。

天黑了，他心里不免有点悽惶，刚才坚持要来，一方面固然也是本性，二方面更重要的是，他不能在李洪一面前丢脸，他不能因为知道有瓜精而趑趄（zī jū）不前。

"嗯……有生人气味。"一个阴森森的声音出现了。

"不是生人，是村中的好汉！"

"好汉？哈！'好汉，好汉，生吃你一半，死吃你一半'！"

"哼，且看吧，我是'拿住妖精，一刀两断'。"

打了一阵，妖精眼看敌不过，居然化为一道火光，钻到地下去了，刘智远不甘心，把地掘开，下面竟然有一个大石匣，匣里面有头盔衣甲，兵书宝剑，最奇怪的是上面居然还写着："此把宝刀，付与刘暠，五百年后……方显英豪……"

宝剑盔甲，他一时还用不着，便依旧秘密埋上，兵书却是他最爱的，他取出来打算好好研读一番。

正在这时候，三娘急急地赶到瓜园来了，刘智远躲在一旁，只见她哭哭啼啼捧着一碗饭找丈夫，她一看满园打斗的痕迹，又看到地上有刘智远的棍棒就以为他死了，一时又痛哭起来，呼天抢地的要一同自尽。

刘智远现身了，三娘吓了一跳，竟以为是鬼。

"就算是鬼，"她犹疑了一下，跑过去紧紧抱住对方，"也是我丈夫。"

"你手里捧一碗饭干什么？"看她的样子，他觉得好笑，"有没有菜？"

"唉，你这人，我瞒了哥嫂，弄了这碗饭已经不容易了，哪里还有菜？你快吃了吧！"

"我这碗饭吃不得，"刘智远忽然站了起来，身上穿的虽是平日的旧衣服，却竟像披了甲戴了盔一般神气，"三娘，这阵子，我们受的气还不够多吗？就是为了这碗饭，三娘，这碗饭是不能再吃了。"

三娘惊讶地望着他，他连眉宇间都焕发着勃勃的英气。

"对啦！"三叔听说瓜园有事，也跑来了，"我已经打听好了，在太原有位岳节使，正在招军买马，我助你点盘缠，你去投军，将来会有出息的！"

"谢谢三叔，我这就走，"他转过身来，含泪看着三娘，"我这一去，有三不回：不发迹不回，不做官不回，不报得李洪一的仇不回！"

"不，不要跟我说这些，跟我说句夫妻间的话。"

"牛下孩子，好好抚养。哥哥嫂嫂如果再逼你嫁人，不及我的，你别嫁。比我强的，你嫁了我也没话说。"

夫妻一场，就这样草草而别了。

又是落雪天，深夜里，刘智远提着铃报更点。没有想到投军也如此不得意，原因是他到得晚，人家要招的兵数已经够了，他勉强挤进去，成了编制外的人员，大家都把最苦的差事往他身上推。

雪下着，他想起去年那场雪，他想起李太公，想起李三娘，想起遥远徐州沙陀村的李家庄……天太冷了，他蜷在楼街下休息，感到自己的身子越来越僵冷，血液也冷得要凝冻了，他太困了，他要休息……

忽然，一件衣服轻轻地披上他肩头，蒙眬间他看不清是谁，只觉得自己的血液又慢慢地解冻成温热的了。

"刘健儿，"有人叫他，那是他投军时人家派给他的名字，"你该死，你太大胆了。"

他在马房里正睡得迷迷糊糊，竟被人一把揪出，绑了，送到岳节使家里。

"这红锦战袍是宫中赐的，你居然偷去，大模大样地穿了，到马房中去打盹儿。"

"我，我没有偷，昨天半夜，我冻倒在路边，不知那袍子怎么盖到我身上来的。"

"胡扯，哪有此事！"

"有的，"秀英走出来，她是岳节使最疼爱的女儿，"昨天夜里，我看到这人快冻死了，本来想拿件旧衣服给他披披，没想到拿错了，居然把爹爹的红锦战袍披到他身上去了。爹爹要罚，罚我好了。"

"唉，你这丫头。"岳节使无可奈何了。

然后他又听到下人不断传来的神异传说，例如说，要打刘健儿的大板子正要打去，空中便显出五爪金龙抓住板子。要吊他在马房里，马房就一片火光，放走他，就没事了。连秀英也说，昨夜看他深夜巡行的时候，只见一片紫雾红光。

岳节使一一听了，便决定把女儿嫁给他。

怎么办呢，刘智远矛盾了，一面是权势，是财富，是美人的投怀送抱，另一边是长期屈居下人，做军人最微末的一员，衣锦还乡的希望几乎等于零。他选了容易的那一段路。

而在李家庄，李三娘也面临选择。

"我们不能拿闲衣闲饭养闲人，"哥嫂说，"给你四条路走，第一，你上天去，第二，你下地狱去，第三，早早嫁人，第四，白天挑水三百担，夜里挨磨到天明。"

"我挑水挨磨吧！"李三娘委屈地说。

肚子日渐挺大，三娘依然被迫做苦工。而终于有一天，一阵强烈的疼痛，她在磨坊里，生下一个男孩。

"嫂嫂，借我一把剪刀，我要剪小孩的脐带。"

"哎呀，真不巧，刚好给小偷偷去换糖吃啦。"

李三娘横了心，找一件旧衣服，自己把婴儿身上的血迹擦干净了，又用牙齿咬断了孩子的脐带，然后，她欣慰地看着孩子："你的名字，就叫咬脐郎！"

第三天，嫂嫂来了。"哟，好漂亮的小子，"她亲亲热热地抱着小孩，"叫舅妈，喂，叫舅妈。"

趁人不注意，她把孩子抱出门，往荷花池里一掷。好在李家有个姓窦的老用人，他偷偷注意这些事已经很久了，所以及时救起了孩子。

"三娘，孩子在这里养不下去了。我听说刘官人在太原并州，我就抱着孩子替你把这刘家的骨血送去吧。"

"才三朝的孩子，没有奶吃怎么活啊！"

"我一路走去，看到有妇人喂奶，我就跪下来，替小官人求一声情，我就这样一路跪到太原，把孩子交到刘官人手里。"

三娘步下床来，恭敬地一拜。

"窦公，你的大恩大德，我们母子一生不敢忘。"

就这样一路乞求，窦公终于把孩子送到刘智远手上，新夫人很觉意外，但也决定把孩子留下来抚养。

十六年过去，孩子长大了，跟着父亲学得一身武艺，他从来不知道自己另有生母——而他的生母仍住沙陀村李家庄，她的岁月始终沿着那口石磨，日复一日地重复着、消耗着。

多年平静的局面，最近因为有草寇作乱而热闹起来。刘智远终于有机会去建树功勋了。多年的梦想实现了，他差人去老家瓜园里取了宝剑盔甲，一举灭贼，朝廷封他为"九州安抚使"。

春天来了，咬脐郎跟着一批少年去打猎，一路上骏马鲜衣，腾云驾雾一般，不知不觉就走远了。

这一天，咬脐郎为了追一只白兔，直追到沙陀村的一口井旁。白兔不见了，只见井边一个悲苦的妇人。

"十六年了，"妇人叹气，"井水都给我打枯了，我的泪却流不完……"

"你有看到一只白兔吗？"咬脐郎一心只想问那只兔子。

"没有。"

"咦，你看来也像好人家妇女，怎么蓬头赤脚的。"

"这双脚，也曾穿过绣花鞋。"

"你是挑水的吗？"

"父母在时，我从来不挑水。"

"谁把你欺负成这样？"

"我的哥哥嫂嫂。"

"你没有丈夫吗？"

"啊，"说起丈夫，她流泪了，"他是九州安抚使刘智远，我们有个儿子叫咬脐郎。"

"哦？"咬脐郎震惊了，但他分明是有母亲的，他不敢贸然相认，事实要回去问个清楚才好。"妇人，我回到军中代你查问一下，我会给你带消息来的。"

"多谢小官人！"说着，她深深地拜了两下。

咬脐郎感到一阵天旋地转，居然两度摔倒在地。奇怪，这妇人是谁？他真受不起这妇人的一拜吗？

回到家里，父亲一直追问他打猎的成绩，他却急于向父亲形容那个蓬头赤脚的井畔妇人。

"这在九州安抚大人府中安享荣华的是谁？难道她不是我母

亲吗？"

"她是抚养你的。"

"那井边受苦的妇人是谁？"

"她是你亲娘。"

"爹爹，你是如此忘恩负义，不念糟糠妻子的吗？我的母亲在那里挨磨挑水，你们在这里富贵荣华。父亲，你今日不接亲娘来，我做儿子的只有惶愧一死。"

这样一闹，岳秀英知道了，她也同意接李三娘来同住。

刘智远穿了寻常衣装，悄悄地去探望妻子。

"我曾说，不发达不回家，"刘智远感伤地说，"但要发达，要做人上人，又谈何容易，我真是身不由己啊！"

"都十六年了。"抱怨吗？还是认命？也许都不是，只是夫妻间的闲话一句。

"那天，你碰到的少年你猜是谁？就是我们的孩子咬脐郎啊！"

"我也有点感觉，他那天还叫人代我挑水呢！他长得真端整……"说起孩子，她的记忆忽然鲜活起来，井边的任何一个小动作都想起来了。

"我现在管十五万官兵呢！"

"嗯……"有什么分别？就她而言，回来的只是刘郎，她的丈夫。

临走，他留下三颗金印。"三天之内，我会带着人马，全身披挂，正式来接你，到时候，有恩报恩，有仇报仇，我一定会来，那三颗官印比我的命还重要呢！"

其实，也没什么信不过的，十六年前，什么凭证都没有留下，她已经相信了。但如今捏着三颗官印，她觉得甜蜜。

明天，或者后天，他会回来，那时会有仪仗鼓吹，会有凤冠绣鞋，会有大而舒服的轿子，会有令小小的沙陀村李家庄掀翻天的场面。三叔和窦公会有报偿，哥哥嫂嫂会受到处罚，这一切，够这小地方的人兴奋地说上十年八年也说不完……

但抱着三颗犹温的金印，她宁可咀嚼刘郎今晚秘密微服夜访她的这份私情，够了，够好了，一切都好到最好的程度了。

夜深了，三颗金印犹自在她手心里沉沉地暖着。

拜月亭

元·惠施

一般认为作者是惠施，但也有学者认为证据不足。惠施，字君美，杭州人。生年不详，约卒于元末。《拜月亭》内容与关汉卿之《拜月亭》全同。《录鬼簿》上记载他："居吴山城隍庙前，以坐贾为业，每承接款，多有高论，诗酒之暇，惟以填词和曲为事。"

一眼望去，整条路上都是哭娘喊儿的凄惨难民。蒙古的铁甲大军南下，金兵抵抗不住，朝廷整个南迁。

但不管蛟龙如何缠斗，受苦的永远是小鱼小虾。

苦雨又没完没了地落着，对那些仓皇出走、身无长物的小老百姓而言，更增加了他们的狼狈。

瑞兰和母亲也跟着队伍往前蹭蹬，身为兵部尚书的夫人和女儿，她们几曾受过这样的苦？雨把她们全身淋得透湿，她们小巧的金莲本来只适合养在绣花鞋里，现在却在泥泞中，像爬地狱里的油滑山一般，使她们每走一步都痛彻心脾，精致的绣花鞋此刻已是分不清鞋底和鞋帮的烂泥团。

可是，路还是要走下去的，父亲匆匆丢下她们，做人家的臣子，在危急的时候是没有权利顾家的。

忽然，混乱中冲过来一股人潮，有人跌倒了，有人的东西散落一地，有人被人马践踏，有小孩惶惶大哭。

"娘！"瑞兰忽然惊恐地尖叫起来，她站不住脚，身不由己地往前冲个不停，糟糕了，这一冲，乱七八糟的队伍里又去哪里找娘？

"瑞兰！"王夫人也焦急欲死，但吵嘈的人群里，每个人都在呼叫自己的亲人，每个人却都听不清那些凄厉的声音到底叫些什么。

"瑞兰，你在哪里？"天渐渐黑了，王夫人忧心如焚地在继续寻找女儿，兵荒马乱，她不敢想象年轻轻的瑞兰一旦走失会受人怎样的欺负。

忽然，一个女孩急急地穿过人群到她面前。

"瑞兰，你……"忽然，她停住口，"啊，你，你不是瑞兰！"

"我，我听错了，我以为你在叫我。"女孩满面泪痕，满眼凄惶，却不失其文静娴雅。

"你是谁？"

"我叫蒋瑞莲，刚才跟我哥哥失散了。"

两人把话说清楚了，瑞莲却趑趄着，好像没有走开的意思。

"唉，也算是缘吧！"王夫人叹了一口气，"我们就做伴一起走吧，你就算我的义女好了，我们一边走一边找瑞兰吧！"

而在这千里绵延的人潮里，另有一个人正在高声叫着瑞莲的名字，命运却把一张美丽仓皇的女孩的脸孔带到他面前。

"你，你为什么叫我？"

"我叫的不是你，我在找我妹妹蒋瑞莲——你也叫瑞莲吗？"

"我叫瑞兰，我跟我母亲走失了。"天愈来愈黑，她从来没有在这样陌生的地方跟陌生男人谈话，但四下的环境那样险恶，而眼前这个男子看来还算温和英俊，一副读书人的斯文模样，何况他还在那样友爱地寻找自己的妹妹，如果母亲一时找不到，跟这个男子在一起也许不失为一个办法……

但他似乎急着走开。

"秀才……你……带着我一起，好吗？就，就当我是你妹妹瑞莲。"

"不行啊，别人看了也不相信，我们两个人的口音完全不一样啊！"

"那，那姑且说……"

"姑且说什么？"

"姑且骗人说是夫妻。"瑞兰整张脸都红了起来。

"好吧！"他不露声色地应了一声，显得非常君子。

其实，他一直在想办法让她说出这句话来，从第一眼看到这个女子，他已经偷偷喜欢上她了。

两个人都不识路，只知道一路往南逃。这一天，他们经过一座虎头山。

"这山好险恶啊！"瑞兰直觉的有些害怕。

"喂！留下买路钱！"果真有一群强盗从草丛里跳出来。

"钱？我们自己都没有了，哪里还有钱给你？"

"这是我们虎头山的规矩，没有钱别想我们饶过你！"他们一面说着，一面露出明晃晃的兵器。

"啊，我蒋世隆空负才学，竟然会不明不白地死在这种荒山野岭上吗？"

"什么，"强盗头目忽然走下位来，"你说你姓什么？你抬起头来我看看……哎呀！真是哥哥，恕小弟无礼。"

他说着赶紧上来松绑，蒋世隆倒是呆了。

"你弄错了吧？"

"不，哥哥忘了，我是陀满兴福啊！那时皇上听了聂贾列那老贼的话，要避开蒙古兵举国南迁。我父亲主战反被当作奸臣，一时杀了陀满家三百口。我因在外，算是逃了命。那时全国贴着我的图形要缉拿我，我藏在哥哥府上的花园里，躲过追捕，后来哥哥发现我，宁可不要悬赏，也要护卫忠良之后，蒙哥哥不弃，跟兴福结成异姓兄弟……"

"是的，是的，我想起来了，可是你的样子变了，我不认得你了——"

"连我也不认得我了，没办法，走投无路，也只好落了草。说也奇怪，这里本来有五百人众，有一天，他们发现山里有一顶金盔，大家就相约谁能戴得上谁就做王。不料那金盔很特别，人人戴上都头疼脑涨，没想到我路经此地被他们拿住试戴，居然这顶金盔给我戴起来，就像定做的一样合适，所以……所以……哥哥身边这一位是……"

"是……是我浑家（注：浑家即妻子）！"

"啊，嫂嫂。"陀满兴福深深一拜，"失敬了。"

瑞兰的脸色有着显然的厌恶。

"你哪里搞出这个贼兄弟？"她气呼呼地耳语，"我不喜欢！"

虽然蒋世隆很君子风度，两个人一路上也很清白，但不知不觉，她竟管起对方的事情来了，像一个真正的妻子。

"他其实是个人才。"

"我们走吧！"她的态度很强硬，而且说"我们"也说得很自然顺口。

"兄弟，没想到在这里遇见你，"蒋世隆站起来，"但我们还要上路，后会有期了！"

"哎，哥哥难得遇上了，竟不住住吗？呀……一定要走吗？也好，但是这包东西哥哥一定要收下，里边是黄金百斤，别推了，路上总用得着的。"

他们一起走下山来，蒋世隆没有想到自己会这样听瑞兰的话。

进贡的问题解决了，蒙古军班师回朝去了。眼看着日子又要平静下来。蒋世隆身上刚好又有了这笔盘缠，这天，他们投宿在一间干净的小旅馆里，晚上，两个人各喝了一点酒。

"我是个读书人，家道平平，因为父母丧服未满，不能去考试。"蒋世隆不知不觉说了很多，"我想，我总有一天会出人头地的。"

瑞兰低着头不说话。

"嫁给我吧！"蒋世隆诚恳地说，"我不要和你做'名义上的夫妻'。"

"不行。"瑞兰的声音很决绝，"绝对不行。你送我回去，我欠你的恩情，我父亲自会付给你金银。"

"我要金银做什么？我要你啊！"

"我叫爹爹给你一个官做。"

"'给'我一个官？你爹爹是谁？我一路上倒没问你。"

"我爹爹啊，说起来，要是在平时，我家里不但没有你同坐同行的份，就是连你站的地方都没有呢！他就是当今的王尚书啊，我是个守礼谨严的千金小姐。"

"哟，守礼谨严的千金小姐怎么跟个穷秀才乱跑呢？"

"你说这话什么意思？"瑞兰提高嗓门，"还不知你自己的妹妹现在跟个什么样的野男人在乱跑呢！"

蒋世隆讲不过她，只好沉默下来，过了一会，他又试探地说："一路上，你不觉得吗？我们看起来真像一对好夫妻，别人看着顺眼，我们自己也觉得自然，对不对？"

"你真要娶我，先送我回家，跟我父母正式提亲。"

"时局太平了，逃难的日子过去了，如果不立刻结婚，我只怕我们的缘分立刻就要尽了。所谓侯门深似海，你一回去，谁知道我们还能不能再见面呢？我们一起度过伤心哭泣的夜晚，我们一起走了那么遥远的路，我们一起从贼窝里捡回性命，我不要等，我们今晚就简简单单地结婚吧！"

"不要！不要！你为什么不为我想想，你找媒人提亲，我尚书千金的节操名声才好保得住啊！"

"小姐，你太天真了。"蒋世隆有些不耐烦了，"你跟着我跑了这么久，谁会相信你是清白的？"

两人的声音愈说愈高，终于吵了起来，客栈主人及时跑来劝架，这个世事练达的老人，立刻就明白了整个事件，他跟小姐分析事情的利害，说得头头是道，事情于是有了急转直下的改变，客栈主人当晚就做了主婚人，把一对相爱的男女撮合成夫妻。

长期的苦撑，一旦松下来，蒋世隆忽然病了。接着发生了更不幸的事，那天，瑞兰忽然发现一个人，身影很像家中的小厮，她试探地叫了一声"六儿"，没想到竟真的是他，六儿立刻告诉老爷，原来王尚书这天也歇在这家客栈里。父女重逢本来是好事，但骄傲的王尚书看到女儿竟私自跟个毫无功名的穷秀才在一起，便生气地把女儿强拉走了。

蒋世隆躺在床上病得奄奄一息，眼睁睁地看着岳父把妻子带走了。

回到家中，一切如常，瑞兰仍是尚书的千金小姐，唯一不同的是家中又添了个年纪相若的妹妹。两个人在同一个房檐下为同一个男人而悲伤，而她们彼此却不知道。

更深夜静，瑞兰在花园里设下香案对月祈祷，求月亮保佑蒋世隆早日康复，并且夫妻早日团圆。瑞莲发现了，一定要她说出全部的故事，才发现两个人竟是姑嫂。

时局太平了，科举又恢复了，全国的文武人才都跃跃欲试，陀满兴福在朝廷的赦令下解散了强盗窝。更幸运的是，皇上终于了解陀满当年的忠贞，而不再追捕陀满兴福了。他一路打听蒋世隆的消息，终于在旅馆里碰了面。

"快把你的书温一温吧，"陀满兴福说，"我们一起走，我考武的，你考文的。"

兴福来得正是时候，忠实的友谊弥补了爱情割伤的裂口。两个人一起到了京师，并且双双夺得文武状元。

"这次战事，皇上认为我很有功劳，"王尚书把夫人和两个女儿叫到面前，"皇上很关心我们家没有儿子，所以说了要把今年开科的文武状元招为我们家的女婿，这是朝廷恩命，太难得了。"

"爹爹，女儿是已经结过婚的人了，不管文状元武状元，女儿都不能再嫁。"

"爹爹，"瑞莲也说出了她们的秘密，"姐夫也就是孩儿的长兄，想必他也参加这次考试，指日就要出人头地的。"

王尚书哪容她们说话，他径自叫媒人去找两位状元探消息去了，武状元很高兴地接了丝鞭（注：接丝鞭即指接受了婚约），没想到文状元却很固执。

"我是结过婚有妻子的，我在磁州广阳镇的客栈里结的婚，我的妻子被岳父王尚书硬带回去了，可是，她还是我的妻子啊，我不能再娶！"

可是陀满兴福却听出一点可疑。"你说嫂嫂被王尚书带走了，而现在这一位要招你做女婿的正好又是王尚书，这是怎么回事呢？"

媒人第二次出现的时候，说话的口气又有所改变了："王尚书说，婚姻的事暂放一边，明日请蒋先生到尚书府中饮一杯水酒。"

既然是小宴，那就不便推辞了。

席间蒋世隆坚决不答允婚事，尽管王尚书搬出"皇上的好意"，蒋世隆却坚持自己只要那个被"另外一位也是王尚书的人带走的妻子"。

而屏风后面，蒋瑞莲再也忍耐不住了。

"哥哥！"她跑了出来，又把她的姐姐，也是她的嫂嫂，一起拉出来，一家人又哭又笑地说个没完。

那一对义兄弟成了连襟，那一对干姐妹成了妯娌，而王尚书一时弄不清自己是棒打鸳鸯或是成其好事的人。

在逃难的雨夜里走散亲人的悲伤往事，现在回忆起来竟也非常甜蜜了。因为王家多捡了一个女儿，而蒋家白捡了一个媳妇。人间事，有时竟会错得这样好！

杀狗记

明·徐畈

作者徐畈，明淳安人。其散曲作品，出词俊雅，尝自谓："吾诗文未足品藻，惟传奇词曲，不多让古人。"有学者甚至因此怀疑《杀狗记》语句卑俗，可能非徐氏作品，但戏曲在当时是一种大众文学，语句平俗往往是必要手段。

相同的《杀狗记》故事，元代的萧德祥也写过。

孙荣艰困地把一只脚从雪地里拔出，站稳了，然后去拔另一只脚。开封的冬天冷得滴水成冰，每一家人都紧闭着门，对行乞的孙荣来说，日子是更难过了。从早晨到现在，什么都没要到，衣服是单寒的，肚子是空虚的。

自从被哥哥孙华赶出来，已经几个月了，哥哥跟两个"赛关张"的兄弟结义，那两人叫柳龙卿和胡子传，每天像演双簧一样，唱作俱佳地一同哄着他，他们好酒喝尽，好菜吃尽，好话也说尽，柳和胡两人混得肥肥饱饱，孙华呢，满足了他自己的虚荣心和英雄感。

但柳和胡却一直提防着孙荣，唯恐孙华一旦头脑清醒就会更关照自家骨肉而疏远他们。经过他们不停地挑拨，再加上耿直的孙荣还傻乎乎地不断去劝谏兄长，没几天就被赶出家门了。

除了哥哥在盛怒中掷出来的几本书，孙荣竟一无所有。哥哥每天美酒肥羊，而孙荣只能沿门乞讨，讨到一口饭吃了，就回寒窑里读书。

今年的冬天真是特别冷，孙荣一面走一面想着父母在时，那些在炉火里烤栗子的往事。

忽然，朦胧中他被绊倒了，绊倒他的不是树枝，而是个冻得半僵的醉汉。

"唉，何必喝得那么醉，结果倒在雪地里，你分我一杯喝不好吗？"

醉汉太重，他没法处理，只好去叫左邻右舍。

"开门啊！开门啊！帮帮忙啊！"

别人以为孙荣又来要饭，把门关得更紧了。

"我不是来要饭的，有个醉汉倒在雪地里，大家生个火救他一命啊！"

怕事的人家听说有这种倒霉事，索性连灯也吹了，来个相应不理。孙荣没办法，只得自己去背，他拼着瘦弱的身子，把醉汉先拖到人家的屋檐下，擦掉结冻在他脸上、身上的冰雪。忽然，他吃了一惊，原来醉汉不是别人，竟是自家的哥哥。

就是这人，把家产霸住，和恶人享用，就是这人，把自己一文不名地赶走。两个月前如果不是一位陌生人相救，自己已经走投无路跳水了。而这个人此刻却在他手中，要不要管他的闲事呢？孙荣没有细想，只是焦急地、本能地背起他，往家里走去。嫂嫂杨氏和侍妾迎春开了门，孙荣放下哥哥，连一碗饭也来不及吃，孙华已经醒来了。

"我藏在靴子里的白玉指环和两锭银子呢？"他恶狠狠地转过来看孙荣，"我说你怎么会那么好心，原来是你偷的！"

"小叔是读书人，不会做这种事的。"杨氏在旁边劝说。

"你们女人三绺梳头，两截穿衣（注：指穿衣裙而非男性的长袍），懂个屁。"孙华暴跳如雷，"叫他滚，否则我一棍子打死他！"

孙华急忙逃回寒窑去。今年冬天真是冷极了。

"哈，我们这一票干得真漂亮。"柳龙卿和胡子传乐得眉开眼笑，"我们昨晚趁孙大醉了，掏走他的东西，没想到他全赖在孙二身上了，真是好啊！"

"是呀，咱们运气好，连上天都来保佑我们呢！"

"好啦，我们两人赶快来分钱是正经。"

"昨天大哥跟人买白玉指环，咱们从中弄到一锭银子介绍费，然后，我们从他靴子里拿了两锭，总共是三锭。这指环既是七锭买的，我们仍旧七锭卖了，总共得现钱十锭——但是我们别分，我们拿去放高利贷，十年之间我们可就赚成大富翁啦。"

于是，两个人，盘算起来，十锭银子一年变二十锭，两年变四十锭，三年八十锭……十年一万二千四百锭！

"哟，那真成了大财主了！"

"我们来试试看做财主怎么做法。你先来，你有钱了，是怎么个排场？"

两个人正演练得热闹，白玉指环啪地一声摔碎了，两个人正想动手分现银，又被巡逻的当夕徒捉住，银子也被没收了。

而在孙家，杨氏、迎春和老仆人吴忠都忧心如焚，眼见主人这样荒唐，他们不晓得怎么办才好。吴忠甚至偷偷跑到寒窑去，把自己的十贯钱送给二东人使用。

"你为什么这样？"迎春也为寒窑中的孙荣向杨氏请命，"小官人快饿死了，你反正管着家里的钱粮，给他送些去，大员外又不知道，怕什么？"

"话不是这样讲，俗话说'男无妇是家无主，妇无夫是身无主'，所以'男子是治家之主，女子是权财之主'，我如果偷偷送钱给小官人倒也不难，但所谓'家有一心，有钱买金，家有二心，无钱买针'，我现在最急着做的是把员外劝得回心转意，那才是真正解决的办法。"

"可是，怎么才能劝得动他呢？"

这一天，孙华在家里看书——这是太难得的事了，可是人心里不正，看书其实也没有用处，他看来看去，看到曹丕、曹植不和的一段，竟像得到证据一般。

"嘿，我说嘛，古人也有弟兄不和，彼此看不顺眼的！"

"我看的一段倒跟你不同。"杨氏说，"我看到的是楚昭王的故事。有一次他在急难时踏上一条船，船上有弟弟、妻子和孩子。船到中流，风浪大作，驾船的说，必须要有人跳下去，否则全船都会沉。结果他弟弟一再要跳，他却一再拉住，反而默许他的妻子和孩子跳下去了。"

"我看到的一个更有意思，"迎春也插嘴道，"有一对异母兄弟，哥哥叫王祥，弟弟叫王览，王览的母亲想谋害王祥，便叫他到海洲卖绢，王览回来知道了，便偷偷去追哥哥。果然不出所料，追到苍山，只见强盗已把王祥抓去，那王览跑上前去，口口声声要替哥哥死，王祥绝不答应，两人争死争得强盗惭愧起来，于是放了二人，又放了一把火，烧了山堡，人人回家孝养父母去了。"

"哼，"孙华听完了，忽然会过意来，"你们少在我面前说今道古，我知道你们的诡计，你们想来说动我，告诉你们，休想！"

而在另外一个舞台上，也有人在计划说动人。

那是在寒窑门口，柳龙卿和胡子传打算去找孙荣。

"咱们的命真不好，好不容易偷了白玉指环又打破了，银子也给没收了，现在我想到个好办法，"柳龙卿说，"咱们去煽动孙老二告状，告孙老大独吞家产，然后，我们再两边做和事佬，趁机敲些中人跑腿的钱。"

两人都觉得此计甚妙，于是一起叩起柴门来。

"我们既是你哥哥的兄弟，也就是你的兄弟啦！"柳龙卿表现得无比亲热，"看你住在这种地方，又憔悴瘦弱成这副样子，我们真是于心不忍啊！"

"多谢了。"

"我且问你，"胡子传满脸关怀，"你哥哥的钱是他自己挣的，还是祖上留下来的。"

"是祖上留下来的。"

"哎呀，那你真是傻瓜，"两个人一起惊叫起来，"我们还当是他自己挣的呢，既然是祖上留下，你也有一半的份，凭什么你受苦他享福，连我们都为你不平了。"

"我教你，你去告他，我们来做你的见证人！"

"你们看错人了！"孙荣气愤地站起来逐客，"你们表面上同我哥哥好，现在却又来挑拨我告哥哥，你们的企图到底何在？告诉你们，我孙荣饿死不告哥哥，穷死不恨哥哥，我只恨挑拨他的人！"

两个人只好气狠狠地走了。

清明时节到了。

为了避免冲突，一大早，孙荣把乞讨来的一叠纸钱和半瓶淡酒带到父母坟前祭拜。等孙华来的时候，孙荣已经走远了，孙华为此也生气，气他敢抢在长兄之前祭父母。

这时候，善献殷勤的胡子传和柳龙卿也跑来了。

"既然结了义，"两人拍着胸脯说，"你的爹娘就是我们的爹娘啦！"

三个人正在拜祭，柳龙卿忽然昏厥倒地，然后，从他的喉咙里发出一种低沉的老人声音。

"我不是别人，我乃孙豪是也。"

"哎呀，"孙华大惊，跪在地下，"这是我爹爹啊！爹爹，您有什么吩咐？"

"孩儿，"那声音说，"要好好对待你这两位结义的朋友，要不是他们，你的命险些都不保了。"

"是。"

"给他们一人盖一幢房子，讨一个老婆。"

"是！对了，爹爹，今年田地有收成吗？"

"有种就有收，不种就没收。"

忽然，柳龙卿猛一抽筋，坐了起来。

"你刚才怎么啦？"胡子传问。

"不知道，只知道一阵麻，我就什么都不知道啦！"

"我爹爹刚才附在你身上呢！"孙华说。

这一来，孙华更看重这两个弟兄了，于是，三个人就坐在草地上吃酒。

"员外，你好，怎么今天不见二官人？"

孙华抬头一看，来的是王老实，这人是孙家祖上三代的老管家，今年九十三岁了，家里五代同堂，百口共食，人人都很尊敬他。孙家这一带祖坟田庄多年来都亏他照顾。

"他不听话，被我赶走了……咦，你手上拿的是什么？"

"嗯，没什么，一幅劝世图。"

"那是棵桑树吗——"

"不是，你听我说，这是棵紫荆树。从前有田家兄弟三个人，大家都立志和和气气、相亲相爱地住在一起。他们一起指着院子里的紫荆树起誓说，除非紫荆树死了，他们决不分离。紫荆树长得很好，看来是不会死的。结果呢，田三嫂暗下毒计，用长针针树，用滚水浇树，树竟给她弄死了。田家三个兄弟抱树大哭，结果，感动了神明，降下甘露来，把紫荆树又救活了，紫荆树又开得满树缤纷，三个兄弟再也不肯分开了……"

"咦，是谁叫你来的，你分明想来点化我，是孙荣吗？"

其实，请他相劝的是杨氏，可是，这一次又失败了，更不愉快的是两个坏蛋居然威胁着要打这位九十三岁极受乡里尊敬的老人。

"我还有最后一个办法。"杨氏对迎春说，"你问隔壁王婆买她那只狗来，就说我生病，需要一个狗心来合药。"

他们买好了狗，杀了，然后找一套衣服来，给它穿上，趁着天黑，丢在后门口。

半夜里，喝得醉醺醺的孙华回来，拍打前门，杨氏假装睡了，不去开门，孙华只好绕到后门来。天极黑，他跌了一跤，及至爬起来，只闻到两手沾得黏黏的，全是血腥气。

"祸事了，"他气急败坏地叫醒妻子，一身酒意全吓醒了，"不知道什么人杀的人，竟推到我们家后门口，我们脱不了关系了！天哪，怎么办啊？"

"别急别急，我有办法，去找胡子传、柳龙卿两位'赛关张'，他们一向很义气，一定肯替你埋起来，真要有祸事，他们也会替你顶罪的。"

"对了，我想起来，他们有一次酒后真的说过，他们说为兄的如果杀了人，别说一个，就是十个，他们也替我顶。"

他跑去找柳龙卿。

"没问题，我去拿根绳子就走。"

忽然，他听得房子里一声惨叫。

"不行啦，大哥，我从小就有心脏病，这一惊，心脏病又发作啦，你别叫啊，越叫我发作得越厉害啦！算了，你回去吧，明天我会去探监。"

他又赶快去找胡子传。

"到底有几具尸首？"

"一具。"

"啊呀，那算什么，瞧你吓得这副样子，我去找个破草席，包他一包，往河里一扔就没事了。"说着，他表现了一个夸张的丢尸体的动作，"哇！不得了，我闪了腰了！喔哟……喔哟……好痛，我一动也不能动了，你走吧，我明天会去看升堂的。"

"唉，没想到那两个人会这样，"孙华垂头丧气地回来，心头急得像火油煎的一般，天快亮了，天亮事情就更麻烦了，"你快帮我想办法，我快完蛋了。"

"我哪里有办法，你不是说我们女人三绺梳头，两截穿衣，懂个屁吗？"

"你不想法子，我就去投水算了！"

"你还说我们女人只管门内三尺土，哪管得门外三尺土。你还说只有雄鸡报晓，哪有母鸡司晨的话……"

"唉，你的记性也不必这么好啊，你不能见死不救啊！人家说'妻贤夫祸少'啊！"

"好吧，我跟迎春陪你去找小叔，你一个人去他恐怕不会开门，他被你打怕了。"

到了寒窑，三个人把话说清楚，孙荣立刻着急地说："呀，哥哥，事不宜迟，快动手吧，天要亮了。"

摸着黑，他匆匆忙忙把那团血肉模糊的东西抱到城南沙土里去埋了。埋完了，他匆匆地要赶回寒窑洗掉满身血腥。但这一次，孙华不让他走了。

"弟弟，留下来吧！我现在分得清谁是亲的谁是疏的了。"

故事还有个因祸得福的尾声，第二天早上，那两个无耻之徒居然厚着脸皮来探虚实，孙华再不理睬他们了。

"你居然敢不认我们，"两个人恼羞成怒，失去了"结拜弟兄"

这个好"职业"，使他们顿无荫庇了，"咱们走着瞧，我们去告你杀人灭迹。"

好在开封府尹清明如水，他先听孙荣抢着认罪，已觉可疑，及至杨氏出面说明，把王婆叫来对证，又派人去城南挖出了穿着人衣的狗尸，终于真相大白，化忧为喜了。这一来，开封府尹决定奏上朝廷表扬一下这个既聪明又贤惠的女子，因为她敦亲睦族，维护了良好的社会风气。她得到光荣的金冠霞帔，封为贤德夫人。孙荣是个恭敬事兄的读书人，他得到陈留县长的职分，以爱兄弟之心去爱天下人，相信他会是一个很好的官。孙华靠着妻子和弟弟，很幸运地也得到了一份官职。至于那两个"赛关张"呢，却各挨了一百板子发配到边疆充军去了。

琵琶记

元·高明

作者高明，字则诚，元末浙江温州瑞安人，曾任官浙江、江西、福建等处。

本剧原戏文采对照法描述，时而富贵温柔之乡，时而凄凉潦倒之地。一般人皆认为《琵琶记》是所有明代初期传奇中成就最高的作品。明太祖也极力赞美此剧，说："四书五经，就像米麦五谷，家家必须有；《琵琶记》则是奢侈美好的珍肴美味，富贵人家不可缺。"

火毒毒的太阳照着陈留县一片焦干的土地。一条条裂缝像受了伤合不了肉的疤口。

蔡婆子蓬头散发，坐在大门口，呆望着旱田，毫不知羞耻地号啕大哭起来。

"死老头子！你怎么不死啊？我说了不要让儿子去考功名，我们眼见是黄土埋脖子的人了，还指望什么富贵？你偏逼着他去！你偏逼着他去！死老头子，你的心是怎么长的啊，咱们通共才这一个儿子，你的心是怎么长的啊！"她愈说愈伤心，干脆拼着一张老脸不要，骂得更大声了，"儿子不肯去，你还骂他没出息，恋着刚结婚的老婆的被窝，好，他给你逼走了，你可称了心了！唉，唉，现在儿子一去不回，千山万水，也不知是死是活？又碰上荒年，如今要活也没有活路，要死眼前也没个送终的人……"

"我又不是神仙，我怎么知道会碰上荒年？"老头子终于憋不住，爆了出来，"儿子念了书，不去考试怎么能有出息？儿子要是能披红挂绿，挣个富贵功名，也是光宗耀祖的事。你妇道人家没见识，还在这里胡扯。"

"我的儿啊！"蔡婆子跺脚捶胸，"我的儿啊！我的蔡邕儿子啊……"

"算了，算了，饿死也是死，吵死也是死，我看，我还是现在就死了算了！"蔡老爹说着，便死命往墙上撞。

赵五娘匆匆忙忙地跑出来，心里又痛又急又羞，门口已经围了一堆看热闹的人了。她左拉右劝，不知如何是好，又怕人言可畏，万一别人怀疑是做媳妇的孝道不全，才惹得公公婆婆吵架寻死，又怎么办？

其实，公婆就这一个儿子，当时她也不赞成丈夫走的，但公公说的话又那么难听，她吓得不敢开口，生怕一旦挽留丈夫，就成了蔡家的罪人。而今丈夫一去两年没有消息，她心里难道不急？却又不敢开口，表面上她一直安慰公婆说蔡邕有才学，一定能"直上青云"，目前也许只是一时找不到合适的带信的人，但她心底却在暗暗担心，长期的饥饿迟早会让两老"身归黄土"。

好容易把两人劝平了，但同样的事，谁敢说下一刻会不会重复发生呢？她感到身心俱疲。公婆气了，可以彼此互骂，但她呢？

她，坐在窗前，望着满园彷徨无主的春色而怅然。她，京师里出名的美人，牛丞相的独生女儿，多少人为她痴迷，家里的门限都快被媒人踏破了。而此刻，在深闺中，她悲伤地坐着。

"爹爹这人也太要强了，早些年就订下了非状元不让我嫁的怪念头，可是现在却听说这位姓蔡的状元不想娶我，爹爹居然用前途问题威胁他，结婚要靠姻缘啊，这样逼来的丈夫将来怎么处得好呢？"

可是，爹爹的主见那么强，他一看到那个叫蔡伯喈的状元，就坚持非把他拉来做女婿不可，改变爹爹是不可能的了。

她郁闷地坐着，为自己不可知的未来而惴惴然。

听说官厅放粮，赵五娘赶忙去排队，可是那些贪官污吏，平日早把仓库里的粮谷偷得差不多了。现在上面规定施粮，大家也就虚应故事发个意思意思就算了。

轮到赵贞女，粮食没有了。看她哭得可怜，上级官员命令守米仓的官要赔一份粮出来，可是，走不了几步，黑心的官吏又把那包粮食抢劫回去了，幸亏善良的邻居张太公出面，给了他们一小袋粮食，日子才算又维持几天。唉，能挨几天就几天吧。

是的，能挨几天就几天吧，蔡邕心里想。至少，在走入丞相府之前，他还有短暂的自由。

自从到了京师，考取了状元，不知为什么，竟被牛丞相看上了，有些事情，和他那样有钱有势的人是讲不通的。

"笑话，他不肯？他疯了？遍京师的王侯子弟，谁不想做我牛丞相的女婿，他到哪里去找像我这样的岳父，像小姐这样的妻。哼，我就是看上他了，我们这种门第还容得了他拒婚！等皇帝御旨下来，他不肯也得肯。"

"大不了我辞官不做，"蔡邕愤然地告诉媒人，"我不要做官，这总行吧！我回家去养我的爹娘。"

"没有那么简单，"媒人详细地分析给他听，"牛丞相的性子你是知道的，他是皇帝跟前的人，他要皇帝把你留在京里做官，你就回不了家。你辞官，皇帝不准，你有什么办法？而且，皇帝出面，要你跟牛小姐完婚，你能抗拒御旨吗？你要回家奉养白发爹娘，奇怪！为什么到今天才想起来呢？唉呀！你千里迢迢跑到这地方来，不是图功名图什么？功名路不上便罢，上了，哪由得你？"

"我家里还有结发妻呀！"

"那乡下婆娘怎比得上牛府的千金小姐？"

原来功名的滋味竟是这样的，原来披红挂绿的状元竟是一个空架子，原来十年寒窗争来的只是一个资格而不是一个位置。而如果你想要谋得一席之地，你还得另走门路。

人生竟是这样不自由吗？为了父母，他必须抛弃妻子，远离故乡来赴选场。而现在，为了牛丞相，他又必须抛弃父母而再娶妻子。为什么做人总是要顺着别人？为什么一个人不能遂自己的意愿？人活着到底是为谁活？是为别人，还是为自己？

"哼，人活着，哪有不为自己想的！"这些日子来，蔡婆子的脸更瘦削了，一张脸似乎只剩下红丝丝的眼睛和一张干瘪深陷的大嘴，"老头子，你注意到了没有，前些日子，桌上还有两盘下饭菜，最近几天，这媳妇简直愈来愈不像话，居然一样菜也没有了，叫人怎么吃得下去？可是，每次吃饭，叫她吃，她不吃，过一会儿又看她躲在一旁吃，这年头的媳妇真是不得了，居然把好东西藏起来自己偷吃……"

婆婆的话虽是耳语，但老年人重听，两人的话前房后厅都听得清清楚楚，赵五娘也只好憋住一肚子委屈。

"我看，媳妇不是那样的人。这种没影儿的事，你别瞎猜。"

"谁瞎猜？你给人蒙在鼓里还不知道，我看哪，再过两天，大概连饭也没有啦。"

"你自己不会看吗？媳妇连自己身上的衣服一件件都拿去典卖了来张罗粮食了，你还要她一个女流怎么办啊……"

婆婆本来也算是个慈祥的母亲，只是长期的饥饿把一家人的情感都撕裂扭曲了，再加上儿子一封信也没有寄回来，她变得激动、多心而又易怒。

她一言不发，默默地去吃她的"好东西"，她没有看到四只监视的眼睛正尾随着她。

所谓"好东西"，放在暗室的一角，是一袋别人打谷子剩下来的粗糠。

"唉，糠啊，"她把糠捧在手上，"你和米，本来是在一起的，现在被筛子一簸扬，两下就分了，从此米是贵的，糠是贱的，再也碰不了头了。"

她忍耐着，吞下一口干涩的糠。

"丈夫啊！你就是那米，我们在饥饿里想着却弄不到手的米。而我呢，我是这糠，在这里勉强供人一饱的糠。"

她勉强咽下第二口。

"你在吃什么？"公公婆婆忽然出现在她面前。

"我，我，我什么也没吃。"

"哼，休想骗我，你明明在吃，"婆婆动手来抢，"我亲眼看到的！"

她把碗抢到手，立刻往自己嘴里送。

"不行啊，"赵五娘叫了起来，"婆婆，你千万别吃！"

"为什么不能吃？咦，这不是糠吗？你把喂猪的东西拿来做什么？"

"你吃这个吗？"蔡老头的两眼红了，"这么粗的东西怎么咽得下啊！"

"爹，娘，"赵五娘哭起来，"粮食不够吃，我吃糠，可以省点粮食给你们吃，我是你们孩子的糟糠妻（注：即共患难贫贱之妻，古语有谓"糟糠之妻不下堂"），糟糠妻吃糠也是应该的啊！"

一对可怜的老人彼此望了一眼，忽然羞愧欲死，长期以来，他们背后怀疑这媳妇，现在才发觉原来她竟是这样刻苦自虐，一心想孝养公婆……

"我什么时候变得这样刻薄多疑的？"蔡婆子悲哀地回想，"这种荒年不但把我饿得肉没了，连一点仁心也没了，我们本来也是知书达理的读书人家啊。"一股气往上涌，两个人都栽倒在地上。

"公公，公公，您醒醒。"赵五娘急得不知如何顾前顾后，"婆婆，您，也醒醒啊！"

可是，婆婆没有醒过来，她永远醒不过来了。

是在梦中醒着呢？还是在醒中梦着，眼前是一大片争红竞绿的大荷花池，华美的丞相府让人如同置身仙境，但是，事情进行得多么荒谬，在这里，他重复了另一次婚姻，视另一个老人如父亲。

婚礼中仍是拜天地、拜父母和夫妻对拜，阴阳先生站在两人中间，以怪异的腔调向家庙里面的祖宗报告：

"维大汉太平年，团圆月，和合日，吉利时，嗣孙牛某，有女及笄，奉圣旨招赘新状元蔡邕为婿，以此吉辰，敢申虔告，告庙已毕，请与新人揭起方巾——"

这一切，像梦，而后，他就浑浑噩噩地住在这个有着大荷花池的丞相府里来了。

而此刻，他独抱一把"焦尾琴"，对着满池清风而坐。

那焦尾琴原是一块极好的梧桐木，被不识货的人丢在灶里当柴烧，蔡邕当时刚好经过，看见木头干爽松脆的质地，听到它被火烧时好听的吱吱声，赶快抢了起来，踩熄了火，挖空了，做成一把琴。因为尾段焦了，所以叫焦尾琴。

那段梧桐木算是幸运的，因为烧焦的只是一小截，它如今仍然是一把好琴。但自己呢？自己是一根整个烧着的梧桐木，没有人来相救，眼见得要消沉下去，烧成白灰。

他轻轻地调了一下弦，并且试弹了几个音。奇怪的是弦声弹起来尽是杀声，连高山流水之音也充满了凶恶的浪头，他感到一阵不祥。

"一向听说相公精于音律，"牛小姐不知什么时候出现了，婚姻这种事就是这样，另外一个人总会在你不经意的时候跑出来，"再弹一首给我听听好吗？"

她是善良的、美丽的，他只觉对不起她，但又不知怎样把真相说明。

"唔，唔，"他漫不经心地说，"我弹个《雉朝飞》吧？"

"不要，不要，这是无妻的曲子呀！"

"对不起，《孤鸾寡鹄》呢？"

"多难听呀，什么孤啊寡的。"

"《昭君怨》呢？"

"不，不好，现在正是夏天，弹个《风入松》吧。"

"是，咦，奇怪，我弹成什么了？我弹错了，弹成《思归引》了，好，从头再来……"

"不对，不对，你又弹成《别鹤怨》啦！"

"对不起，我不是故意的，都是这弦不好。"

"弦？弦怎么啦？"她睁大一双眼。

"我不习惯这新的弦，如果是旧弦就不会错了。"

真是一场大错！丈夫音讯全无，婆婆死了，公公病沉沉不起。连着三年荒年，连有少壮男人的家庭都熬不下去，何况蔡家只有妇人和老人。

"公公，您吃一口药，吃一口粥吧！"

"我要死了，"老人挣起身体，两眼空茫茫的，"我有几句话交代。"

"三年来，也真苦了你，蔡伯喈不孝，我们全靠你了，如果有来生，我要做你的媳妇来报答你。"

"还有，你婆婆死，邻居张太公心好，已经割舍了我们一具棺材，我死就别再开口了，是我错了，我叫儿子去考试，弄得有去无回，累了大家，让我暴尸旷野，让天下人都看看，看让儿子去求功名的父亲的下场。"

两个人说着、听着，都忍不住哭了，好好一家人，现在竟凋零如此。正哭着，张太公来了。

"你来了也好，"蔡老头说，"也有个见证，我现在当你面写个遗嘱，等我死了，叫五娘去改嫁。蔡邕那不孝子，也不要守他了，五娘改了嫁，至少也能吃口饱饭。还有，张太公，我这里交给你一根拐杖，有朝一日，蔡邕回来，你就拿这根拐杖把他打出蔡家的门，永远不准他进来！"

一道门，一道最高贵、最华丽的牢狱。门里是丞相府，门外是渺不可及的万里家山。

蔡伯喈嘱咐一个心腹仆人，上街去找个可靠的"陈留县人"，带一封往返书信。

但人倒霉起来也真是没有办法，居然找上了一个骗子，他高高兴兴地把信和酬劳拿走了，然后把信掷了，钱花了，居然还带着一封伪造的平安家书，说是他远在陈留县的父母写的呢。

父母先后死了，赵五娘不知道自己还能熬几天。但是，至少目前她还不能死，她要埋葬公婆。

衣服首饰早就典当一空，忽然，她站起来，急急找了一把剪刀，狠心一剪，把满头美丽的青丝绞了下来，她几乎是来不及地绞着，唯恐慢一点就狠不下这个心了。

当年曾被新婚丈夫赞美的乌云，现在满街叫卖，竟没有一个人理会。她忘了一件事儿，大家都跟她一样穷啊！走着走着，她只觉全身涣散，然后眼前一黑，便倒了下去。

救起她的，仍是张太公。

"傻孩子，虽说'上山擒虎易，开口告人难'，可是事情也有个缓急啊，像你公公死了这种大事，你不来找老邻居我还去找谁呢？刚才要不是碰巧遇上了我，说不定就那样死了，你不能死啊，公婆要棺椁、要造坟、要守墓，蔡家至今还没有后，你要等着蔡伯喈回来啊！"

张太公也不富裕，可是他总算凑出另一副棺木和短期的米粮，让活的可以活得下去，死的可以入土为安。

赵五娘亲手为公婆做了坟墓，长夏已过，萧萧的黄叶落在坟前。

黄叶飘落，桂花香彻院宇，是中秋了。

"我觉得，"牛小姐迷惑地望着他，"你不快乐，你吃的穿的用的究竟有什么不称心的？"

"不错，我穿的是紫罗襕（lán），可是还是不自在；我踏的是皂朝靴，可是不能走自己要走的路；我吃的是山珍海味、猩唇豹胎，可是公事忙得我慌慌张张地咽不下去。"

可是，事情一定不这么简单，她决定躲在一旁窃听他自言自语说些什么。终于，她知道了，原来他在想念他的父母和前妻。这段婚姻有些勉强她是知道的，但他居然还有前妻，则令她惊讶，不知为什么，她对那素不相识的女子忽然生出由衷的同情。她想必也是个身不由己的人，她想必不愿意她的丈夫走掉，可是，他走了，她想必无法忍受丈夫不回来，可是她必须忍，她想必有许多悲伤，就像她一样，不，也许也像蔡伯喈，因为他也是个身不由己的人。

她跑去告诉父亲，天真地说，她要去乡下看看她尚未一见的公婆和"姐姐"。

"胡说，"牛丞相生了气，"你一个千金小姐，这千山万水哪是你能走的。"

牛小姐绝望了，爹爹老了，母亲又早逝，他要早早晚晚看到自己的女儿——他的想法并没有错，只是他忘了，蔡伯喈也是别人的儿子，七八十岁的父母还有多少年月可以等儿子？

可是，第二天，一夜失眠的牛丞相妥协了。

"你去是不行的，"他的脸色有挣扎后的疲倦，"但我是个丞相，万一让别人说话总是不好听，这样吧，我们家也不多三个人吃饭，去派个人把他们接到府里来好了。"

一别三年，父母真像他们回信上写的那么平安吗？蔡伯喈到寺庙中去求祷。

一身玄衣，一把琵琶，两幅手绘的公婆的真容，赵五娘化成道姑模样，一路唱着曲子，讨些赏钱，到了京师城郊的庙里。

她唱着苍凉的《行孝曲》：

"凡人养子，最是十月怀胎苦，更三年劳役抱负……儿行儿步，父母欢欣相顾……自朝及暮，悬悬望他，望他不知几度……儿在程途，又怕餐风露宿，求神问卜，把归期暗数……"

忽然，喝道（古人大官出行，大声吆喝，令路人避开）之声大作，赵五娘和群众赶紧走避，慌忙中，两幅父母的真容掉了下来。然后，远远地，赵五娘望着那官员捡起了真容略瞥一眼，便令人把它们收好。

那人如今佩紫怀黄，穿得十分威武，但她至死都认识他——他是蔡伯喈。奇怪的是她心情一点不激动，她定定地望着他走入庙中去烧香，心中只有一片透明无尘的悲悯。何必呢？蔡伯喈，跟前亲捧一碗饭不是胜过千里之外十炷香吗？他想必还不知道父母早已活活饿死了，父母活着他不曾孝养，死了不曾祭扫，把这衣履光鲜的官员和自己相比，究竟谁是更不幸的人呢？

那两幅真容，是自己临行时画的，丈夫显然没有看出来画的是自己的父母，她画的是他们临死前的面容，消瘦的，枯发如蓬，只剩两只空洞失神的眼睛。在无米无炊的日子抚养公婆虽然累赘，但他们一旦死了、埋了，她却感到异常空虚悲伤，画两幅像带着，只是一种真情的依恋。

第二天早上，她矛盾地徘徊在牛府门口，不知该如何进行。事有凑巧，牛府的门自动开了，出来一位管家，问她要不要进去，原来牛小姐正要找一个伶俐勤恳的用人，她立刻明白了，牛小姐是想训练一个能干用人伺候公婆。她苦笑，公婆早已不需要伺候了。为了确实知道她适不适合做用人，牛小姐把她的身家一一问清楚，没想到两人的境遇如此相似，问话立刻变成了含泪的倾谈。

"你的情形跟我们家真相似，"牛小姐惊讶地说，"你是丈夫不归公婆死，我们却是丈夫想归归不得，公婆呢，也未卜存亡……"

"你去接公婆还不要紧，"赵五娘试探地问，"又接出一个夫人，恐怕不容易相处吧？"

"我诚心诚意地让她做姐姐，如果她不高兴，我就退让，大概不会有太大的问题。事情已经这样，是我对不起她，又有什么办法呢？"

赵五娘放心了，这女孩看来是善良的，这里面似乎没有谁是坏人，可是，是哪个部分错了，竟导致那样悲哀的历程……

"我还是告诉你吧，我就是蔡伯喈的妻啊，公婆死了，我独自上京来找他。"

"姐姐，"牛氏惊望着这卑微而又高贵的妇人，"苦了你了。"

一双泪眼望着另一双泪眼，女人和女人之间有时竟是这样容易彼此了解、同情的。

书房里，每一本书都直接、间接写着事父母之道。蔡伯喈心烦意乱中只见二幅老人的绘像已被管家挂在墙上，当时捡起这幅画也只是暂时保存等待着交还原失主的意思，而现在，不知为什么，那画像看来竟有点像父母——是想父母想得太厉害了吗？还是天下父母都有着同样焦灼的眼神？还是……他翻开画像背面，赫然一首五言古诗，内容竟非常像在写他，可是昨天好像并没有这首诗……

"你想找题诗的人吗？就是她，你认得她吗？"

天哪，怎会不认得她呢？烧成灰化成泪也认得啊，曾经那样如胶似漆的妻子啊！

她已不复新婚乍别时的娇柔美艳，一身孝服，把她衬得楚楚可怜，蔡伯喈悲伤地跑上前去，握住她的手。太多的情节、太多的委屈，留待一生去说吧！

故乡的坟，等待做儿子的去扫。张太公，应该登门去叩谢。争功名、争权利，到头来，竟是如此，一顶纱帽换两座土坟，是划得来的交易吗？重逢，竟不一定是欢乐的。

赵五娘和蔡中郎的故事在大街小巷唱着，演着，说着，有人抗议，说跟事实有违，历史上的蔡伯喈并没有这样一段故事，但其实名字又算什么，除了名字，类似这样的故事谁又能说它是虚假的呢？

第三章

家庭剧

东堂老

元·秦简夫

作者秦简夫，元大都人，游于杭州，不知所终，作杂剧五种，现存三种，除本剧外，尚有《赵礼让肥》《剪发侍宾》。

这半年来，赵国器越来越感到自己的病体支离，不久人世了。

这辈子，他也算尽了力了，田地、房子、油坊、磨坊、当铺，他都挣到手了，算得上是扬州城里数一数二的富人了。

"扬州奴！"他扬声叫他的独子。

"来啦，来啦，什么事！大呼小叫的，到现在还叫我小名，多难听啊！"他的妻子翠哥温顺地跟在旁边。

"你去叫隔壁李叔叔来。"

"喂，你们底下人都到哪里去了？"他转脸去骂用人，"老爷叫你们去请隔壁东堂老来。"

"胡说，我叫你自己去请！"

"好，好，我自己去，喂，小的们，备马！"

"你见鬼了，不过是隔壁，骑什么马！"

"哼，亏你还是我爹呢，连我的性子都不知道，我是上厕所都要骑马的咧！好，好，你别瞪，我去就是啦！"

"奇怪，"赵小哥一路走，一路自言自语，"我连自家老头都不怕，但这位东堂居士，我一看到他就吓得丧胆亡魂，也不知是什么道理。"

东堂老一会就过来了，看到这个被不成材的儿子气得快死的父亲，不免伤感。

"我这病怎么来的，你也知道，"赵国器拉着老朋友的手，"他娘死得早，我一个人把孩子拉拔大，大概是宠过了头，他到现在二十岁的人了，一点不成器，整天跟着些狂朋怪友花天酒地，我一辈子辛辛苦苦挣来的家产，到了他手上不败尽才怪。"

"唉，你病成这样，还想这么多，你宽宽心吧！"

"就是因为好不了，才找你来托孤。"

"托孤？不行，一来你并没死，二来扬州奴未见得就听我的，三来你的家业大，这种瓜田李下的事情，我还是避开的好。"

"我们交往三十年了，你一定要答应我，除了你，我还能托谁呢？"赵国器说着，挣扎下床，双膝跪落。

"不得了，怎么行这么大的礼？"东堂老也连忙跪下，"我答应你就是。"

赵国器一生事业鼎盛，他办事的确有效率，当下即写好一份文书叫扬州奴来画押签字，交给东堂老收好。

"这文书上写些什么？"扬州奴满肚子气，"又不给我看，爹要卖我不成？"

"当然啰，"东堂老笑道，"你这种儿子不卖留了做什么？"

"你别管。"赵国器又吩咐,"你跟你媳妇,向叔叔行八拜礼。"

"为什么?"

"拜完我告诉你。"

拜完了,赵国器打开文书,上面写着:

"扬州奴所行之事,不曾禀问叔父李茂卿,不许行,假若不依叔叔教训,打死勿论。"

扬州奴本以为父亲一死他就自由了,没想到又弄出个更厉害的叔叔。

没几天,赵国器就死了。

扬州奴有两个最要好的朋友,柳隆卿和胡子传,自从父亲去世,虽说有个东堂老,毕竟不能太管他,所以这"三人行"倒是过了十年快活日子。

当然,快活也是有代价。起先是卖了金银珠翠,然后卖古董字画,接着卖田产,之后卖牛羊,附带的也卖了丫鬟奴仆,最后卖了磨坊、油坊和当铺。现在,就是今天早晨,他把卖当铺的最后一块银子也花完了。

"赵小哥呀,"柳隆卿说,"最近来了一个新歌妓,唱得又好,人又漂亮,我去帮你拉拢拉拢。"

"老实说,我那点钱全干了,就剩我这一身衣服,穿起来还有个富家子的样子罢了。"

"笨蛋,这种好事,别人做梦都梦不到,"胡子传说,"我们要替你拉拢还不好？"

"不是啊！"扬州奴苦着脸，"真的是一文不名了。"

"呸，说你笨你真笨！"柳隆卿说，"就算没钱了，你不是还有座大房子吗？房子也可以卖钱的呀！"

"哇！你们真聪明，我怎么就没想起这个好办法？不过，卖房子恐怕也很麻烦吧？我记得爹爹在世，有一次光是翻瓦，就花掉了一百锭银子，房子现在值多少？有谁买得起这么大、这么讲究的房子？"

"说你笨你真笨，"胡子传推了他一把，"谁叫你照现价卖？值一千你卖五百，值五百你卖二百五，你看人家不抢着买才怪！"

"我想起来了，不行，不行！那李家叔叔一定不答应！"

"你卖你赵家房子，关他李家什么事？"胡子传说，"他要说话，你给他一点好处不就把他的嘴堵上了？"

"我来帮你估价。"柳隆卿一副热心状。

"我来帮你立契约。"胡子传表现得更义气。

"哎哟，我又想起来另外一件事，"扬州奴说，"卖了房子，我跟我老婆住哪里？"

"我家有个破驴棚。"柳隆卿一拍胸脯。

"我怎么煮饭吃呢？"

"我家有个破砂锅，两个破碗，两双折了的筷子，够你们用了。"

"你们真够朋友！"

"叔叔，"扬州奴的妻子翠哥满脸泪痕，跑到东堂老的家里，"这十年来，扬州奴把什么都卖了，叔叔也是知道的，现在，他居然听朋友的话要卖这栋房子……"

"唉，这不长进的狗才，当年你公公置这些家业受多少苦，我是亲眼看到的，他早起晚眠，焦心苦虑，搞到今天，他儿子居然连他的老巢都要掀了，我看这畜生不弄到讨饭的那一天是不会罢休的。也罢，你先回去，等这畜生来了，我自有办法对付。"

扬州奴果然来了，一副做贼心虚的样子。

"扬州奴，你今年几岁了？"

"孩儿快三十了！"

"三十了，还不学好，还等哪一年呐！"

"是呀！叔叔，常言道'坐吃山空，立吃地陷'，我坐吃了十年了，现在卖这房子，就图个本钱去做生意呀！"

"做生意？跟谁一伙？"

"就是我多年的好朋友柳隆卿、胡子传。"

"跟他们一起？生意哪是你们这种人做得的？做生意要趟风冒雪、忍寒受冷，你们哪，一块儿上茶楼酒馆还差不多！"

"这两个朋友，很兜得转的，我们十几年的交情了！"

"我也劝不得你，你要卖多少？你说！"

"大概值五百吧！"

"好，五百，我买了。"

"既然是叔叔要，我减一点。"

"不必，"东堂老当即叫儿子进去拿钱，"先给你二百五，剩下的过几天再给。"

扬州奴欢天喜地地拿了钱走人。没想到事情这么容易就解决了。

"嘿！东堂老被我骗了，还以为我真要做生意，笑话，我扬州奴怎会低三下四去做生意？"

"喂，咱们今天的酒席可要订得气派些，十只羊，五道点心，五道菜，还有……"这两位兄弟真懂配菜，而那歌妓也真的又漂亮又会唱又风情万种，扬州奴觉得自己真是幸福。

五百锭银子个个都像长了翅膀，一下就又飞走了。奇怪的是，他的朋友最近也不知都忙些什么，一个个全不见人了。正如东堂老所预料的，他沦落成乞丐了。

"这边有一棵树，那边有一棵树，"他对妻子说，"既然日子这么苦，我看我们一人一边上吊吧！"

"见鬼，"翠哥生了气，"你吃喝享用的时候，全没想起我，你上吊，就想起来找我陪了。你死了是活该的，我才不死呢！"

"好吧！不死，你就去捡点干驴粪来烧火，我出去要点米来煮粥！"

走到路上，他总算遇见了柳和胡，他们还是在老地方——茶馆里。

"你饿不饿？"

"饿得要死了！"

"好，你坐坐，我出去给你买些烧鹅蹄髈。"柳隆卿说着，就走出去了。

"哎呀，这家伙怎么去了这么久还不回来，"胡子传也站了起来，"这样好了，还是我先买点酒跟肉来给你充饥吧！"

扬州奴守着呆等，无聊地捉着衣服上的虱子。

"先生，算账了，"茶馆老板来了，"刚才你的朋友说，他们先走了，他们欠的账，由你来还，茶钱五钱，酒钱三两，饭钱一两二钱，打发卖唱的耿妙莲五两，打双陆输八钱，总计十两五钱。"

"你怎么会听他们这样说？你看看我穿的，我是讨饭的呀！哪儿来的十两五钱银子？"

"他们说了，说你就是扬州奴，怕人知道你钱多，最近故意打扮成这样的啦！"

"唉，这两个浑蛋！也怪我自己，当年把他们看得比爹娘还亲，我弄到今天，还不都是他们害的，我讨饭了，他们还这样吃定我，老板，我没钱，我给你挑水扫地做用人来抵吧！"

"算了，算了，你当年也常照顾我生意，叫你到我家做用人，我狠不下这样的心，你走吧！"

回到家里，翠哥白烧了半天的水，等不到一点米下锅。

"米呢？"

"没有，要煮，你煮我两条腿算了！这些人当年跟我全是假的，我还是死了好。"

"没出息，动不动就讲死！我不要死，我要去叔叔家讨口饭吃。"

"我怕李叔叔，我不敢去。"

"你跟我来，如果是婶婶在，我就叫你也进来吃点东西——不吃是要饿死的呀。"

两个人羞羞愧愧地挨到李家，婶婶给他们煮了面，正吃着，东堂老回来了。

"哟，你不到大饭馆吃烤羊，跑到我这里来干什么？"

怎么说呢？他的一切叔叔早就预言过了，现在如果从头说起，也无非把叔叔事先讲的话搬到事后来重复一次罢了。

"我想做一个小本生意。"

婶婶拿出一贯钱，扬州奴接过来，真重啊，好久没拿"钱"了，这一贯钱如果是当年，掉在地上他都未必肯去捡，做小费，他都不好意思出手，但现在他捧着这一贯钱，要把它做重整家业的本钱。

他把钱贩了炭，卖了，再贩，卖剩的零头，他送给婶婶烘脚。

"唉，扬州奴，你什么时候也懂得人情了，婶婶不缺炭，你们自己留着用吧！"

扬州奴又去卖菜，东堂老很有兴趣地问他："唉，你也会卖菜！你自己挑的，还是别人替你挑？"

"叔叔，当然自己挑啦，"扬州奴忽然精明起来，"别人挑，那本钱要多少呀！况且，如果他一挑挑跑了，我的损失就大了。"

"你叫不叫唤？"

"当然要叫啊，不叫，前街后巷的人怎么知道呢？我叫：'青菜、白菜、赤根菜、胡萝卜、芫荽、葱啊……'"

忽然，他发现叔叔家中的婢仆都惊奇地跑出来看他，而且，他立刻看出来，那批人，就是他这些年陆续卖掉的婢仆，他忽然又羞惭又悲哀……

"叔叔，从前孩儿不听您的话，现在穷了，自己挣钱，才醒悟赚钱真不容易，真该爱惜啊！"

"什么？这句话是谁教你的。"

"不是谁教的，叔叔，是孩儿自己体会出的。"

东堂老侧目看他，仿佛从来不认识他。

"你卖剩的菜，自己也吃点吧！"

"唉，叔叔，过日子可不能这么浪费，卖不完，我勤洒点水，保住青翠，还是可以卖的。"

"你也偶然买点鱼啊肉啊吃吃……"

"孩儿不敢。"

"那，你吃什么？"

"孩儿买些小米，不敢舂，怕耗损了。然后加点黄的老的菜叶子，熬成淡淡的一碗粥，就这样过日子。"

第二天，东堂老生日，加上新添了房子，他大张筵席，众街坊都请到了。扬州奴夫妻也被请了，他觉得不便白吃，便早早去了，帮忙挑水扫地，四处张罗。

"众街坊亲戚，"席间东堂老很严肃地说话了，"老夫今日劳动各位来，说是贱辰，加上新居翻修好，其实呢，是另有一件事，要当众说了比较清楚。"

东堂老一向人缘好，大家见他说话都毕恭毕敬地倾听，但对扬州奴而言，他却如坐针毡。所谓"新居"，其实是他的故居，侍候的婢仆又都是老面孔，他仿佛回到自己家里，却又比任何一个用人更没有资格住留在这所房子里。那一间，是父母当年的卧房，这一间是他和翠哥的，饭厅里，父母曾以多少美味的食物哺育他，如今在这里大张筵席的，却已换了另一批人……

"这件事是和扬州奴有关的。"

他吓了一跳，从冥想中被拉回来，只见大家的眼睛都看着他，他羞愧欲死。

"扬州奴，当年你爹爹因你不学好，气闷成病，临死一面托孤一面交了个文书给我，你当时吵着要看，我们就给你看了一半，其实，前面还有更重要的话，今天，当着众亲戚街坊的面，你来念一下！"

扬州奴恨不得钻地洞躲起来，但大厅气氛肃穆，他虽然自觉羞耻，却也想一睹爹爹十年前的遗墨：

"今有扬州东关里牌楼巷住人赵国器，因病重不起，有男扬州奴不肖，暗寄课银五百锭在老友李茂卿处与男扬州奴困穷日使用……"

读到这里，他停下来，惊讶得不敢相信，别说五百锭银子，现在只要有一锭银子让他摸摸，他也会喜极而泣的。

"叔叔，这可当真，我那时穷得讨饭，你怎么不拿一锭银给我用用。"

"当着众人的面，我还会骗你不成？不过我要告诉你，现在，这些银子一锭也没有了。"

为什么没有了？扬州奴心中怀疑，难道是这道貌岸然的人自己吞了？不像啊，如果吞了，他又何必当众宣布？但如果没吞，他又明说银子没了。

"今天当着众人的面，我把这一笔账要交代清楚，由于你交友不慎，典当家产，我只好替你筹划，当初你卖一样东西，我就托人去买。你当你那些明珠翠玉、古董字画、田庄婢仆、油坊、磨坊，当铺全卖到哪里去了？都卖到你爹爹留下的这笔钱里来啦！最后这房子，也仍然是用你自家的钱买的。但是，我哪敢把产业重新交还给你，交给你你还不是仍旧卖掉，我要等，等到你一个钱也没有了，那时你才会看出你的朋友是什么货色。然后，你会去讨饭，去做小本生意，那时候你才会明白你父亲当年为你留下的家产是怎么用血汗挣来的。我在等，等你有一天懂得勤劳、节俭，懂得负责、认真，懂得知恩感恩，懂得人在福中要知福，到这一天，我要把这一切产业交还给你，只有这样的你，才配有产业。现在，你看，你卖掉的一切都又回到你眼前来了。"

众街坊听呆了，东堂老一讲完，大家欢声雷动，三十年的朋友之情，十年的受命抚孤，救浪子于末途，整个故事，使大家称奇感动。扬州奴尤其觉得像梦一样，这一切，曾经失去的竟魔术一样的又回来了，而且整整齐齐，比以前没人经营照顾的时候更好了。

柳隆卿和胡子传真不愧是消息灵通的家伙，一顿饭没吃完，他们又赶着来找扬州奴了。

"打发他们走吧。"扬州奴平静地说，"现在的这个扬州奴不打算再卖产业了。"

"叔叔，"他转过头来恭恭敬敬地问东堂老，"乡下田庄也买回来了吧？"

"当然，"东堂老笑呵呵的，"改天我带你去看，那大片庄稼长得肥肥青青的，让人看了不由得要高兴哩！"

蝴蝶梦

元·关汉卿

作者关汉卿，介绍如前。《蝴蝶梦》全名《包待制三勘蝴蝶梦》，演包拯梦见蝴蝶而断狱事，属于社会剧中的"公案"剧。

"不得了啦！你父亲在大街上被人打死了！"

王大、王二、王三一时冲出来，三个人仰天大哭。怎么回事呢？父亲刚刚才上街去为孩子们买纸笔的，有着三个读书的孩子，他看来是个骄傲自豪充满希望的父亲，但现在，竟在大街上给人打死，简直不能相信。

三兄弟扶着母亲，走到大街上来，果真是父亲，一些刚买的纸笔散在身旁，尸身上有些青青肿肿的痕迹，四个人愈看愈伤心。

"娘，我听说是个叫葛彪的流氓打的，听说他还是皇亲国戚呢。我们找他偿命去！"

事情就有这么凑巧，葛彪杀了人，眼睛都不眨一下，径自去喝酒了，这会儿喝醉了，居然大模大样地走回来。

"就是他！"三兄弟抓住他，"你打死了我们的父亲！"

"不错，怎么样？我有的是后台，不怕你们！"

王大听了，血气翻涌，上前一拳，没想到葛彪往地下一躺，就不再起来了。

这一场大闹把公人引来了，他们将大伙儿上了枷锁，全带走了——两条人命的案子，马虎不得。

近中午了，包待制坐在大厅上。

恍恍惚惚的，经由一扇小门，他走到花园里，花正盛开，一片烂漫，身为一个冷脸的法官，此刻也不禁把铁石心肠软溶溶地化解了。他当下继续信步而走，走到一座亭子里，只见蜘蛛结了个大网，极大极牢的网——奇怪，偌大的花园，为什么偏偏让我看到这一片蛛网？这一生的事业就是在法网边缘度过，而此刻，在最美丽的花园里，他撞见的，又是一面网……

有网，就有落网者。一只蝴蝶触跌进去，刚刚它还是穿梭花间翩如飞花的彩梦，而此刻，它一头栽倒，眼看就要毁灭了。这时，忽然飞来一只大蝴蝶，把它救走了。几乎是同时，一只极小的蝴蝶也掉进网里，包待制屏息而望，以为那只蝴蝶会连这只新触网的一起救走，但它没有，它带着较大的那只飞远了。

包待制心里不平，伸手一戳，网破了，小蝴蝶也赶快飞走了。

"午时了！"

张千大声叫着，包待制一惊，醒了过来。正在这时王家三兄弟被带到堂上来，后面还跟着一个惊惶憔悴的妇人。

阶下的衙鼓沉沉地敲了起来。

"哦，这三个是打死葛彪的犯人，而那妇人又是谁？"包待制问。

"我是他们的母亲。"

"你做母亲的怎么不好好教育儿子，弄得他们合伙杀人？"

"杀人当然是罪，但包大人如果知道葛彪有多么伤天害理也会可怜我们的！"做母亲的流泪了，"想他们的父亲，巴巴地到街上去给三个读书的孩子买纸笔，一时走累了，坐在路边休息，没想到葛彪那厮只为嫌他挡了马，就把一个活人硬打死了……"

"你们三个谁是主凶，谁是从凶？"

"是我，"老大很镇定地说，"跟老二、老三无关，跟母亲也无关。"

"跟他们三个无关，"老二说，"是我一个人干的。"

"谁都不是，"老三比两个哥哥小多了，还是个孩子，"他自己肚子痛意外死亡的。"

"是我，就是我，"妇人坚持说，"是我气不过，把他打死的。"

"这倒是怪事儿，死人只有一个，凶手倒有这么多！你们是故意串通让我为难的吧！"

但不管怎样威胁，那几个人竟都一口咬定自己是凶手。

"好吧，"包待制说，"把王大推出斩了抵命！"

他一面派听差张千去打听妇人的反应。

"她在那里怨恨，"张千说，"说包公太糊涂。"

"你骂我糊涂吗？"包公转脸问妇人。

"不敢，只是老大素来孝顺，杀了他谁来奉我的老？"

"好，改一改，杀老二好了。"

"我听见那婆子又在说您糊涂呢！"张千再度上来传话。

"喂，妇人，我要杀老大，你不依，我换老二，你又嫌我糊涂。"

"不是，这老二能干，能撑得住家计，没有他，指望谁养活我呢？"

"这样吧，换老三偿命总可以了吧？你不再骂我糊涂了吧！"

"可怜的老三，"妇人说，"就让他去吧！"

"这里面有问题，"包待制停下来，"我看，那两个大的是你亲生的，这小的，是你抱来的养子。"

"不是！"妇人嗫嚅着，"事到如今我只好说出来了，这老大和老二不是我亲生的，老三才是我亲生的，但老大、老二也是我带大的。"

"这倒怪，你为什么替别人的儿子求命？反而乐意叫亲生孩子去死呢？"

"他们的母亲已经死了，我做后母的当然更要爱护他们。"

包待制凝视着妇人，她此刻看来悲伤却平静，她看着三个孩子的眼神同样的慈爱温暖，他想起了方才的梦：一片春色和祥的花园里，却有一只误蹈蛛网的蝴蝶，为什么大蝴蝶救了一只留下一只？这妇人说的话是真的吗？他要好好观察一下。

"把王大、王二、王三通通下在死囚的牢房里！"

四个人也不知道包待制的话是什么主意，事实上也没有时间供他们去猜疑思忖了，几个大汉围过来，把三个人一拉，就全带走了。

妇人疯狂地冲上去，想拉住枷锁，又想拉住衣服，可是她什么都抓不住，三个人还是被拉走了。

"包待制！你浪得虚名罢了，判案子是这样判的吗？"她痛哭失声，"你高坐法堂，享着俸禄，却这样对待我们小老百姓吗？

天哪！谁能给我申冤啊！"

包待制很惊讶刚才看来守礼而温雅的妇人一霎时如此疯狂愤怒，不顾死活，世上的"母亲"想必都是一些不可思议的人物。

妇人继续呜呜咽咽地痛骂着。

"小哥，可怜可怜我吧，"那妇人站在牢门口求情，"我的丈夫，好端端地给强徒打死了，三个孩子失手打了凶手又一起打入死牢，我一个老太婆，也只能到前街后巷去乞讨这些剩汤残饭，你好歹准我进去，见他们一见，让孩子们临死也吃顿饱饭……"

"好的，"差人给她说得心软了，"你进来吧！"

看到三个孩子，她心碎了，他们都被沉重的大锁枷住，甚至不方便吃饭，她只好一口一口地喂饭，她不禁想起了许多年前，那时，孩子正幼小，她曾把他们一口一口地喂大……

她把比较好的食物喂了老大和老二，轮到老三，只剩些汤汤水水的东西了。

"老大，你有什么事交代吗？"

"娘，孩儿有一本《论语》，等孩儿死了，就卖了它买点纸钱烧给父亲吧！"

"老二，你有什么话说？"

"我，我有一本《孟子》，娘，卖了它给父亲做个法事吧！"

"娘，"三儿毫不害羞地哭了出来，"我不知道说什么，娘，你过来，我要抱一抱娘的头。"

可怜的小幺儿，千言万语，都在那抱头一声痛哭中。

"妇人，别哭了，"张千奉了包待制的命令，看妇人对三个孩子的真情，"王老大是谁？这一个，哦，好，你出去吧，你放了……"

王大走出门去。

"谁是老二？"张千继续问，"好，你也出去，好好孝养你母亲。"

王二也走出门去。

"老三呢？"妇人急了，"小哥，老三有没有救啊？"

"老三留下来抵命，"张千说，"你明天一早来收尸。"

妇人明知道结果如此，但仍然忍不住大恸起来，老三是如此纯洁痴小的一个孩子啊，可怜的十月怀胎啊，到如今一场虚空，而明天一早，他将一命呜呼，从此人天永隔……

"好吧，"她抹干眼泪走出牢房，"能赦了老大、老二，我也甘心了。"

张千把他看到的情形告诉了包待制。

第二天一早，王大、王二便来了，妇人也乞了钱，买了一串纸钱等着，不一会儿，老大老二抬着个血迹满身的尸体出来了……

纸钱在火光中焚成回旋飞舞的黑蝶。

可怜的孩子，乖顺的孩子，这么快就赶上去陪着他父亲亡魂的孩子……

她解开他的麻绳，她掐他的人中（注：古传以掐人中可急救昏厥），但他是不会再醒过来了，她放下他冰凉的身子，一面狠狠地打着地，一面叫唤着孩子的小名，一面痛哭不止……

"娘，你叫我吗？我在这里啊！"

猛抬头，三个人都呆了，是老三没错，他那惯有的顽皮的笑容，又挂在脸上。

"你？……"

"娘，包爷爷赦了我，他说我们一门孝慈呢，娘，你别尽抱着那个死尸啊，他是个强盗，叫赵顽驴的。"

虽然是个强盗，不过既然为他哭了，又为他烧了钱，干脆，也就为他简单地做个"入土为安"的葬礼吧！

包待制其实一直在注意这可贵的一家人，他们在痛遭丧父丧夫之际所表现的孝悌之情，令人感动，为了父仇失手打死葛彪毕竟是可原谅的罪。不但如此，他还要给他们一些恩荣。

"母亲封贤德夫人，大儿供职朝廷……二儿加冠赐袍……三儿封中牟县令……"

他们欢欣感谢，至于发表的是什么官，当时谁也没有心情去细听了，他们只紧紧地抱头大哭，哭了又笑，笑了又哭，回家去吧，回家去吧，好好地给父亲修个坟，好好地一家人住在一起，好好地把《论语》《孟子》再读得更熟，好好地孝养母亲……回家去吧，回家去吧！

货郎旦

元·佚名

作者佚名，本剧中若干"卖唱人"的资料，颇为研究者所重视。

"李彦和，像你这样可怎么得了，成天贪花恋酒，也不想想这个家怎么撑下去，一个当铺生意也不管了，这样下去……"李太太刘氏说着，哭了起来，"何况那个张玉娥是个妓女，不是什么好东西！"

"太太，你是大家风范的女人，为什么这么小气，那张玉娥，一心要嫁给我做小，你偏偏没有容人的雅量！"

"哼，你当一妻一妾舒服？娶到家里，弄得家不和万事不兴。你一脚跨进她的房间，我就咒骂，你一脚跨进我的房间呢，她又咒骂，你夹在中间，有你受的。何况这千人万人不稀罕的破烂货，你捡回来当宝，真不知你看上她哪一点。"

"啊哟，你不知道，她长得美若天仙，迷死人呢！"

"向来美色最害人，你知道吗，那两片胭脂，误尽了男子汉的事业，一张樱桃小嘴，可以吞尽最大的家财，一个小小的舌头可以吸尽你的魂魄，到时候你家破人亡……"

"哪有这种话，我告诉你，我们已经说好了，她一定要嫁我……"

"你们说好了为什么要来找我同意？你要娶你就娶好了！"

刚好这时候张玉娥已来到门口，大叫李彦和，他忙跑去开门。

"你耳朵塞住了吗？"张玉娥没好气地说，"怎么那么慢才开门，我告诉你，你那老婆，她是大，我是小，少不得要表示一下礼貌，我现在照规矩过去拜她四拜，第一拜，她可以接受，第二拜，她该欠身，第三拜、第四拜她得还礼，这样我才不吃亏，她要是不回礼，我会叫起来，嘿，那可不太好听呢！"

"好好，我这就过去关照她。"

刘氏听了，也只好答应。

"喂，李彦和，你看着，这是第一拜。"张玉娥说。

"第二拜了！"

"是，是，"李彦和小心地回答，"我太太正在欠身啦。"

狡猾的张玉娥，忽然把第三拜、第四拜飞快地连拜下去，趁刘氏来不及还礼的当儿，哭天喊地叫了起来："什么意思，钉子钉着她了吗，我拜她，她居然不还礼。"

"你这女人家，"李彦和也护着张玉娥，"怎么这样不懂事，我男人家说了话你总要听听，一点三从四德也不懂。"

刘氏无限委屈，大厅上坐着些张玉娥的杂七八拉观礼的亲戚，丈夫还催她去伺候饮食茶水，两人一言不合，竟动手打起架来。

"李彦和，"张玉娥大哭不止，"你听着，你要是爱我，就休了她，要是不休，我就回家。"

"可是，可是，"李彦和其实心地并不坏，"她是我儿子春郎的娘，是与我少年结发的夫妻，我狠不下这个心。"

"好，那我走！"

"别走，别走，我去跟她说，"李彦和走到刘氏面前嗫嗫嚅嚅地说，"玉娥说的：'要是爱你，就要休她，要是爱她，就得休你。'我……我……我不能休她。"

刘氏一股气往上冲，痰往上涌，登时死了过去。

李彦和呆住了，心里忍不住有些愧疚，刚忙完婚礼，就又忙着葬礼。

"啊，我的运气真好，刚进门，大老婆就死了。"张玉娥高兴得眉开眼笑。

一面，她又偷偷派人去联络从前的老相好魏邦彦。

"你已经嫁人了，又来找我做什么？"魏邦彦想起旧事，还在生气。

"我虽然嫁了他，心里想的却是你啊！"

"那又怎样？"

"我有个办法，我把金钱财宝慢慢交你带出去，你到洛河边等我几天，等我找机会放一把火，把他家房子全烧了，然后我带李彦和逃到洛河边上。你呢，就假装成摆渡的艄公，摆到河中间，神不知，鬼不觉，你把李彦和推进水里淹死。还有春郎那小孩同他的奶妈张三姑，那也好对付，勒死就是了，然后呢，你岂不就人财两得了？"

"哎呀，你哪里是我老婆，简直就是我的娘呢，好，好，我一定先去洛河边等你，你要快点办事啊！"

一切进行得很顺利，房子烧了，李彦和也在船上被推下了水，但他们动手要勒张三姑的时候，却被另外一个艄公看到了。

"拿住杀人贼啊！"

"有杀人贼啊！"张三姑也挣扎着大叫。

魏邦彦和张玉娥怕了，赶紧放手而逃。张三姑带着如今无父无母、家业烧尽的小春郎，站在岸上哭，一条命虽然捡了回来，但今后怎么活下去呢？一簇人围上来看热闹，大家指指点点，谁也想不出一个办法来。

正在这时候，有一位女真族的完颜氏叫拈各千户的，因为公事而经过，很好奇地问起这事，油然起了同情之心。

"喂，娘子，你别哭啦，"有一位传话的跑过来，"那边有位官人，他自家没有儿子，想收养你这孩子，如何？"

"我，我带着他也是饿死，不如卖给他吧！"

两下谈拢了，完颜付了一锭银子，找了个卖针线的老货郎叫张懒古的做证人，写下了这样一张文契：

"长安人氏，省衙西住坐，父亲李彦和，乳母张三姑，孩儿春郎，年方七岁，胸前一点朱砂记，情愿卖与拈各千户为儿，恐后无凭，立此文书为照。立文书人张三姑，写文书人张懒古。"

卖完了孩子，孤苦的张三姑茫然地站在江边，当年她因死了丈夫，没有活路，所以做了春郎的奶母。而今春郎卖了，虽不是亲生儿子，她也感到彻骨的悲痛，只希望孩子投到有钱有地位的人家，能有更好的前途。

她悄悄擦着眼泪，却发现代写文契的那个老头子也在一旁掉泪：

"唉，人生，不如意的事真多啊，张三姑，你要到哪里去？"

"我，我不知道……"

"我无儿无女，你肯不肯做我的义女，我老货郎虽没钱，还算有一口饭吃，我卖货，同时也唱个曲子招徕顾客，你跟着我，我教你唱曲。"

张三姑点点头，跟着张老头走了。

十三年过去，春郎长成二十岁的青年，他的义父完颜氏却躺在床上等着咽最后一口气。

"你知道吗？"完颜拉着他的手，"阿玛（注：即女真话父亲）不是你父亲，你也不是女真族的人，你看这份文契就明白了，你的亲生父亲姓李名彦和，你的乳母叫张三姑，你在七岁那年，父亲被人推下水生死不明，我收养了你……"

"阿玛！"

"你听我说完，"完颜慈爱地望着他，声音越来越微弱，"我自己无儿无女，我并没有把你当养子看待，我疼不疼你，你心里是知道的，我让你承袭了我的官职和财产……"

"阿妈，你不说，我怎么知道？阿玛，我会记得您的大恩大德！"

"我死了，你就去打听打听你父亲和乳母的下落，这些，是一叠债据，你可以按照这份表去收回利息，这些财产，够你花的了（注：元代统治阶级可设放款处，坐收汉人利息）！"

"阿玛！"老人说完话，满足地垂头而逝。

另外一个老人也死了，那是十三年前收养张三姑的张憨古，张三姑背着他的骨殖，归葬河南府。

"敢问这位哥哥，"她停在一个三岔路口，"去河南府是走哪条路？"

"中间这条便是。"

"谢谢。"她谢完了便上了路。

"喂，"那男子从后面追上来，"张三姑！"

"谁叫我？"她懼然惊顾。

"我！"

"你是谁？"

"我是李彦和！"

"有鬼啊！"张三姑惊叫起来。

"不，我不是鬼，是人。"

接着，他把自己如何在洛河里抱住一块木板，获救上岸，如今为人放牛的事说了一遍。两个人都觉得恍如隔世，张三姑并且说动了李彦和辞了主人，跟她一起去河南，凭着她跟张憨古学来的说唱本领，倒也够两个人的吃嚼了。

春郎厚葬了阿玛，一路到各地收款，这一天，他来到河南府，歇宿在一家客栈里，他点了丰盛的酒肉饮食，心里却想起自己漂泊的身世，阿玛、生父、生母、乳母……

"有没有会唱曲子的？给我叫一个来！"

店小二带来了一男一女。

春郎自己切着肉吃，也体恤地切下一份赏给唱曲子的男女。

"叫他们吃完了再唱。"他说着，顺手拿了张纸擦手上的油。纸掉在地下，唱曲的男子捡起来正要去丢，忽然，他的目光被纸上的文字吸住了，那是一张文契。

那正是张三姑当年卖春郎的文契，完颜氏临死时曾把它交给春郎的，而现在，一时大意，他竟把它当擦手纸掷掉。

"三姑，你看这张纸，上面还分明有你的名字，你看上面坐着的那位官人，长得像不像春郎？我不敢去认啊！"

"嗯，现在义父教我唱的那些曲子可有用啦！"她无限怀念地抚摸着张懒古的骨殖，"当年，他听我说了就把整个故事编了二十四支唱曲，我且不去说破他，我一条一条唱下去……"

猛敲一下醒木，她开始叙述长安的美丽繁荣，她唱起故宅中的朱幡青帘，唱起李彦和小小的温暖的家，父亲、母亲、奶妈和小孩，然后是荒唐的男主人贪花恋酒，张玉娥气死大妇，烧了家宅，拐了财产，谋害了李彦和，奶妈和小孩各自认了义父。

春郎听着，随着情节忽悲忽喜，他老是不停地焦急地追问，可是逐渐地，他发现，他关怀的竟不是一个别人的故事，那情节愈来愈像自己的故事了。

"那孩子卖了多久？"

"至今十三年了。"

"他那时几岁？"

"才七岁啊！"

"在哪里分手的？"

"洛河岸上。"

"孩子有什么标记？"

"孩子姓李叫春郎，胸着一点朱砂记。"

"你，"那官人走过来，"莫非就是张三姑吗？"

"你怎么知道？"

"我就是李春郎啊！"他一把撕裂衣服，一点朱砂记露了出来。

"啊，啊，春郎，那边站的就是你父亲李彦和啊！"

说不完的话，诉不完的委屈，十三年的点点滴滴大家东一句西一句胡乱交代，三个人又哭又笑。

真是无巧不成书，有公差捉住了两个恶性诈骗的犯人，依律是要杀头的。

春郎正要执行，李彦和把他们两人辨认了一下，才惊讶地发现，那两个人就是张玉娥和船上的假艄公，他叫了起来，春郎赶来，亲自动手把他们杀了，算是报了母仇。

一家人，应该说"残缺的一家人"，总算团圆了。围着桌子他们吃团圆的饭。

"就像在一只碗里要放两根汤匙是很难的，"李彦和望着已成年的儿子幽幽地说，"我曾经当局者迷，做了多大的错事啊！"

春郎点点头，他一面庆幸找到了生父，一面也哀悼死去的母亲，而水性杨花的女人是要避开的，他若有所悟地想。

第四章

三个与"报"的观念有关的剧

赵氏孤儿

元·纪君祥

作者纪君祥，元大都人，作剧本六种，能保存完整者唯《赵氏孤儿》一种，本剧结构与其他元杂剧略有不同，他剧皆四折，本剧为六折。王国维先生极推崇本剧。

天渐渐亮了，公主坐起身来，转脸去看身旁出生才几天的孩子。孩子的脸红通通的，安详平静，这些日子天翻地覆的悲剧还不曾来到他的梦中，她轻轻地摸摸孩子的手脚，他算是一个大个子的婴孩，也许是错觉，她觉得他处处像他的父亲，他的个子，他的眉目，乃至他洪亮的啼声。

而孩子的父亲却永远看不到孩子了！

想起孩子的父亲，她的眼泪促迫地流下来。姓赵的三百口家属，几天来已被人杀个精光，而身旁这孩子，已是晋国赵氏家族中唯一的血胤。

她的眼神散乱无主，许多天来她已浑浑噩噩分不清现实和噩梦，整个故事是一桩可怕的阴谋，生长于深宫中单纯如她的女子，在许久之后才弄明白。

在晋国，晋灵公最信任的臣子是文臣赵盾和武臣屠岸贾。赵盾恭谨仁爱，平和忠厚，屠岸贾却有强烈的权力欲。灵公把公主嫁给赵盾的儿子赵朔，屠岸贾心中更是暗恨不已。

他曾经找了不知情的勇士钮麑去越墙埋伏，要刺杀赵盾，钮麑潜在庭中，没想到天还没亮，赵盾就起来了，他慎重地穿上朝服，坐在那里等待上朝，钮麑一看便知道他的忠勤敬业，他不能做人鹰犬刺杀这样一位为国辛劳的人，但是，他又不能空手复命，只好一头撞死在树上。屠岸贾一计不成又生一计，当时西戎国进贡了一只神獒灵犬，屠岸贾就在院子里扎个草人，草人身上穿着紫袍玉带，神獒平日锁上，不给食物，让它饿上三五天，然后在草人胸膛部分藏一副羊心肝，等饿犬纵出，便习惯直奔草人，撕裂紫袍，剖膛取心肝，而紫袍玉带，正是赵盾平日的服装，屠岸贾的居心歹毒，也就可知了。

在另一面，赵盾却只知忠政爱民。春天了，他出去劝农，希望农民各自认真耕作，凑巧看见在桑树下有一位壮士，正抬着头，张着口。赵盾去问缘故，才知道他由于食量太大，被主人辞退，他看到桑树上有桑葚，觉得采来吃是盗窃的行为，所以张着口等待自然落下的桑葚，赵盾很佩服他的气度，留他吃一顿饱饭，吃完了，他不辞而别。

有一天，屠岸贾觉得时机成熟了，便告诉灵公，家有神獒可以辨别忠奸，灵公本不是有道的君主，听了以后立刻信以为真。受过训练的神獒直奔赵盾，赵盾是文人，哪里敌得过神獒，他绕殿而逃，灵公看了，却一阵冷笑。当时有个殿前太尉提弥明实在看不过去了，一瓜槌打死了神獒，把它撕成两半。

赵盾知道形势不好，逃出殿门，而屠岸贾使诈，早已把他的座车双轮去了一轮，四马取走两马，不料旁边蹿出一人，一手策马，一手扶着转动中的轮轴向野外逃去。事后有目击者形容此人被车辆磨得"磨衣见皮，磨皮见肉，磨肉见筋，磨筋见骨，磨骨见髓"。这人是谁呢？他就是当年桑树下饥饿的灵辄。可惜他这番辛苦并没有救下赵盾，他满门三百人全遭杀绝，只有他的儿子赵朔因为做了驸马，住在宫中，暂时幸免。可是，屠岸贾当然不会忘记他，他假借君命，拿了弓弦、药酒和短刀，要赵朔选一样，赵朔选了短刀……

天更亮了，公主想着那些往事，一方面悲痛，一方面也有着"终于看懂了全部情节"的冷静醒悟，为什么邪恶的人总是能控制全局，而善良的人却毫无知觉地被引到陷阱边，并且天真而毫无抵抗地掉下去。

我不要哭，她想，孩子喂奶的时候到了，她不要让泪水落在他平静的小脸上。

"如果是个男孩，"她记得丈夫临死前，最后一次抚摸胎动时复杂的眼神，"就给他取个小名叫'赵氏孤儿'，他长大了，会为我们报仇！"

孩子吃完了奶，很乖地又睡了，错觉上，她觉得他又长大了一点。这孩子长大以后会报仇吗？她不敢去想二十年后的流血场面，她真正着急的是，凭着女人的直觉，她感到屠岸贾正想办法要杀这个孩子，这赵家最后的骨血，她应该把孩子送出宫，托人收养，但是四下守卫那么严密，办得到吗？

这时候，刚好程婴来了，程婴是个大夫，整天药箱不离地背在身上，他也是赵朔生前的好友，而现在，他来送一些产后的补药。

"我找你来，其实不是要补药，"公主的眼睛红着，"我看孩子在宫中迟早会断送在屠岸贾的手里，程婴你有什么办法把孩子偷带出去？"

程婴低头看孩子，忽然他想起他自己的孩子，初生的婴儿看来很相像，这孩子注定要死吗？他忍不住涨起满眼泪水，他一面想起赵朔对他的恩惠，一面也想起私自藏匿孩子的结果，但他仍然点点头。

"我可以把他放在药箱里，但是，如果将来屠岸贾要逼问你，你一露口风，我们程家也会有灭门之祸。"

"你放心，我不会泄露的。"公主迅速吻了一下婴儿，匆匆地把孩子塞到程婴手里，"把他看作你自己的孩子吧，一切托你了！"公主说完逃命似的走开，程婴不明白她去做什么，等他明白时已经晚了，公主已自缢而死。

"你这药箱里放的是什么？"

守门的将军拦住他。

"一些生药，桔梗、甘草、薄荷之类的。"

"好，你走吧！"

程婴心慌，拔腿就跑。

"回来！回来！"

程婴慢慢地不甘不愿地往前挪，将军盘问他一番，再度放他走，他情不自禁地拔腿又逃。将军见状，心下已经明白了八九分。此人的名字叫韩厥，他虽然是屠岸贾的麾下，内心却很不屑主人这种残害忠良的作风，对于公主和遗腹子，他是同情的，但又无能为力。当时，他遣走了手下的兵，打开药箱来看。

"甘草、薄荷？我看是人参吧？"

他抱出小孩子。

"赵家满门三百口人全灭绝了！公主刚刚也自杀了，"程婴悲愤地落下泪来，"这一只小根芽，你能放他一条生路就放，不放，我程婴就跟他一起死！"

"你快抱他走吧！"韩厥说，"屠岸贾问起，我来对付。"

程婴没有想到事情这么方便就解决了，更令他想不到的是，韩厥忽然拔出刀来，往脖子上一抹，就那样干净利落地死了。

"好好把孩子养成人，把这冤仇报了！"韩厥临死时说了一句话，"我能帮的忙，就到此为止了，你快逃命吧！"

程婴抱了药箱，来不及哭，一路直奔太平庄而去，太平庄是退休老臣公孙杵臼所住的地方。

屠岸贾没有料到事情会发生这样的变化，公主自缢了，韩厥自刎了，婴儿不见了，想要拿人来拷问，也无从下手。但他心里又怕，怕孩子被什么人盗去，总有一天，他会长大，回来报仇。

"哼，我还是有办法对付你的，"屠岸贾的眼神中掠过最歹毒的恨意，"来人哪，就说灵公的旨意，要杀尽国内半岁以下一个月以上的婴儿，快，立刻就去！"

太平庄上，公孙杵臼正仗锄而叹，屠岸贾如此专权无道，他只好黯然引退，这几年的田庄生活过得很惬意，但想起天下苍生，他的心总有一种隐痛。

太平庄绝少访客，今天却远远走来一个人，此人走得惶急，及至到了，他把装着孩子的药箱放在芭棚下，便去见公孙杵臼，公孙杵臼很惊奇程婴为什么跑这么远来看他，及至程婴把药箱揭开，他看到熟睡中的婴儿更不免大吃一惊。

"现在全晋国的婴儿依法都要处死。"程婴面色悲戚，"我想到了唯一的办法，希望老宰辅能玉成——"

"什么办法？"

"我自己年纪四十五了，前些日子我妻子生了个男孩，还不满一个月，按说是不会受刑的，但我想把孩子割舍出来，一方面救赵氏孤儿，一方面救晋国全国小儿的命运。我的办法是请老宰辅先把赵氏孤儿藏好，然后去屠岸贾处告我，说我窝藏着赵氏孤儿。他考察我和赵家前后的关系，一定会相信的。那时候，他一刀杀了我和我的儿子，这赵氏孤儿就有救了！晋国婴儿也都有救了！"

"这孩子，"公孙杵臼俯身抱起婴儿，不禁悲从中来，"等他长大报仇，也要二十年哪！程婴，你一片赤胆忠心，连自己的孩子也肯舍了，我公孙杵臼怎敢爱惜残年？但是我今年也六十五了，等孩子成人，我岂不要活到九十岁，像我这种风中烛、瓦上霜的人，哪能预期那样长命！依我看，这赵氏孤儿是要抚养的，晋国的婴儿也是要救的，只是，方法要改变一下。"

"如何改变呢？"

"你把你那孩子送到我这里来，你自带着这赵氏孤儿回去。然后你去屠岸贾那里告发我，说赵氏孤儿是我派人偷到太平庄上来的。屠岸贾派人来搜，我就陪你的孩子一起死了吧！你才四十五岁，你还来得及再活二十年。不要跟我辩，事不宜迟，快去办吧！要知道，我引颈一死不难，你二十年辛苦抚养才是责任沉重呢，去吧！"

一切都照预定计划进行，屠岸贾听了程婴的告密，想起公孙杵臼与赵盾的交情本来不薄，便派了大队人马把太平庄铁桶似的围了起来。

为了让屠岸贾信以为真，公孙杵臼把小孩藏在山洞里，然后坚决不承认，屠岸贾气极了，令人用大刑棍打这位老人。程婴在旁看着，只觉一杖杖都打在自己心上。

"程婴，"屠岸贾说，"你也去打他，叫他老实说。"

程婴把棍子拿在手里，心中凄惶，这忠心的老人我怎能打他，但他终于咬紧牙，死命地抽下去，一杖，一杖，又一杖……

公孙杵臼感到彻骨地疼，他抬头一看，原来是程婴执杖，他知道他的用意，他不要自己再多受苦……

"太痛了，我受不了，我招了！"

正在这时，婴儿被士兵从山洞中搜了出来，他惊惶地哭着，小手小脚无助地挥动。

"哈哈，你说没孩子，这孩子哪儿来的？"屠岸贾高兴地接过婴儿，摔在地下，"看啊，赵家最后一个小孽种，一剑、二剑、三剑……"

程婴急急避过头去，只觉整个心碎成模糊的一团，那是三千剑三万剑的斩剁……

"公孙杵臼，"屠岸贾继续狂笑，"你好义气啊，你既然敢收留这孩子，现在就跟他一道做鬼吧！"

"放心，不劳大驾，我今日死了，你也不过再多苟延残喘几年罢了，这世上多的是公忠纯良的英雄，有一天你会明白——"

公孙杵臼说完，一头撞死在阶石上。

"程婴，"屠岸贾除了大患，喜形于色，"你真是我的好心腹，你就在我家做个门客吧！我会养着你的，我听说你最近得了个儿子。我自己呢，快五十岁了，还没有子嗣，你那儿子就给我做义子好了，我这大片家产将来不都是他的吗？"

程婴跪在地下叩谢恩德，大颗的泪水啪啪地滴湿了一地。一老一少的尸体在他旁边横着，他感到自己是鲜血滴尽的第三个死者。

二十年过去了。

151

那孩子从赵氏孤儿改名叫程勃，又从程勃改名为屠成，他对自己的身世一无所知。

屠岸贾教屠成十八般武艺，他眼见自己的肌肉逐渐衰微，好几年前他已经就不是这个孩子的对手了。他为此感到自豪，他的野心更大了，他希望杀了灵公，夺下晋国。

屠成这一天从教场中演习完弓马，回到程婴的家中，程婴正坐在书房中看一本手卷，眼泪流个不止。

"咦？爹爹，您怎么了？有人敢欺负您吗？"他看起来高大强壮，仿佛天下的事都难不倒他，"告诉我，我决不饶他。"

"算了，这种事告诉你也没用的，你去吃饭吧！"程婴说着，径自走了。

屠成好奇，赶紧把手卷拿来看，手卷上画着一幅一幅的画，他看来看去，却无法贯穿：他看到有人撞树而死，他看到一位红袍朝臣纵犬去扑紫衣朝臣，他看到英挺的将军选择了短刀自刎，温柔的妇人将婴儿依依地交给一个医人，自己却自缢了……屠成越看越糊涂，但却知道故事里有一方是受欺负的，他为此气愤不已。

程婴出现了，事实上他根本没走，他藏在那里看这个懵懂不幸的孤儿，看到他天真激愤的表情，他放心地走出来。

"这个故事，跟你也有关系。"

"快点说给我听！"

"这故事好长呢，"程婴慢慢说起，"话说那穿红的和穿紫的原是一殿之臣，一文一武，可是，穿红的却忌刻那穿紫的……"

故事一路说下去，说到孩子出世，开始出现了程婴的名字。

"程婴？是爹爹您吗？"

"你别急，天下同名同姓的人多着呢！"

及至说到程婴舍子，公孙杵臼舍生，只见屠成捏紧双拳，泪水开始打转。

"算来从程婴的孩子被剁了三剑，从那公孙杵臼撞阶而死，到现在也二十年了，那赵氏孤儿也二十岁了，到现在父仇未报，母仇未复，红衣奸贼依然权倾一时，我不知他活在天地间做什么！"

"故事我是知道了，可是红衣人是谁，紫衣人是谁呢？"

"你真要知道吗？那红衣人是奸臣屠岸贾，那紫衣人是你祖父赵盾，短刀自刎的赵朔是你的父亲，自缢身亡的公主是你母亲，我，就是那舍子救孤的程婴，而你，正是那有仇未复的赵氏孤儿！"

一时之间，天旋地转，原来自己既不是屠成，也不是程勃，而是赵氏孤儿，他气冲血涌，竟昏了过去。

"父亲啊，谢谢您这二十年来费心地抚养，"他醒过来，深深地拜了程婴，"也谢谢您舍了亲生儿子存留了我的性命！他们一个个舍生取义，我怎能这样安安逸逸、舒舒服服地活着？"

第二天，他把一切经过奏告朝廷，刚好灵公也已发现屠岸贾兵权太重，有篡夺之意，正想剪除他，所以命赵氏孤儿下去捉拿屠岸贾。

"屠成，你这是做什么？"屠岸贾在市上被一把抓住，不解地大叫。

"我不是屠成。"

"程勃！"

"我也不是程勃。"

"那你是谁？"

"我，"他仰天而悲，"我是你杀了赵家三百口仍然杀之不尽、唯一留下来的小根苗——我是赵氏孤儿！"

屠岸贾惊呆了，这是上天的惩罚吗？起先他还怀疑是别人挑拨，但程婴赶来，把事情从头说个清楚，如今他已是七十岁的老人，许多年来乖僻嚣张，周围已没有一个朋友，这孩子是他在这世上唯一所爱的，并且也爱他的人，他没有想到天网恢恢，他二十年来竟在替仇人抚孤。他没话说了，他斗不过天理。

屠岸贾被处死，赵氏孤儿恢复了本姓。国君恢复韩厥上将身后的官衔，为公孙老臣立碑造墓，并且另赐十顷田庄给程婴养老。

那屠岸贾至死没有想通，为什么这世上有那么多不羡名利权位，却敢于去舍生或舍子的人？

"不是我计谋不周全，"他至死不悔地想，"只是谁会想到世上竟有像韩厥、公孙杵臼和程婴他们那种人！"

中山狼

明·王九思

作者王九思，字敬夫，号渼陂，陕西鄠县人，明弘治九年进士，为人疏脱不拘，不见容于当时。散曲、杂剧都写得很好，与康海性情、遭遇都相近，两人常互示作品以为乐，《中山狼》康作在前，王作在后，是他们后来唯一传世的作品。

几天以前，东郭先生牵了匹驴，驮了满箱的书，从燕国出发往魏国去，这一天早晨，他正经过赵国中山这个地方，那里有一片美丽的山林。

真是一个愉快的早晨，这次蒙魏王相邀，要他去谈论"墨翟之道"，看来自己的名气是越来越大了，东郭先生是笃信墨家利人济物的道理的，在七国熙熙攘攘的政治擂台中，他相信这种忍苦牺牲的宗教精神是最能救世的。

太阳渐渐升起来，枝上小鸟相呼，草丛间偶有野兔一纵而逝。

忽然，远远地，他看到一大队的人马，像潮水一样急速地淹流过来，东郭先生一时看呆了。

"好漂亮的阵仗！我这辈子还没看过呢！"

来人的衣服闪绿耀红，在阳光下越发显得抢眼，等更近一点，他又看出来人不但衣服光鲜，而且个个都是高大健壮、猿臂鹰眼的美少年。看他们各挽弓箭，猎狗又呼啸相随，想必是一支皇家行猎的队伍。

东郭先生因为是墨家，所以一向过着简朴刻苦的生活，几曾见过这种富贵华丽骏马鲜衣的皇家生活？

"喂，"有一个小兵注意到他，"那边站的是什么人？"

"我是燕国的东郭先生，要到魏国去，经过赵国。"

"刚才有一匹狼往这边跑过来，"那人气势汹汹，"你一定看见了，快说，狼往哪里跑了？"

"狼？我没看见啊！"

"你那箱子那么大，装的是什么？搜！"

"哎呀，只不过是些书，不要弄乱了。"

"你这人形迹可疑，"搜不到东西，小兵又找理由骂人，"好好的，不走路，站在路边干什么？"

"不是不走，一头小毛驴，怎么可能走得快呢？"

"你如果看到狼，不准瞒我。"

"不敢，它一定是逃了！"

那小兵忽然拔了刀，发狠劲，往地下一砍。

"你要敢骗我，我就照刚才那办法对付你！"

东郭先生往地下一看，地已经被他剁出好深的口子。

"算了，"坐在最漂亮的那匹骏马上，显然是领袖的人物说话了，"他不知道，你问也问不出要领，我们赶到别处去找吧！"

忽然间，像变魔术一样，整队人马一举鞭，又都旋风般地消失了。

东郭先生坐在路边，一时好像还无法回到现实中来，刚才说话的可能是赵简子，这是东郭先生第一次感受到权力、财富的压力呼啸而来，又绝尘而去，强弓利箭，任意射死自己并不需要杀的东西……他要好好想想这些事情。

这时候一只带箭的狼，猛地蹿到东郭先生身边，他着实吓了一跳。

"师父，救我。"狼小声地哀求。

东郭先生望着狼的眼睛，很不忍，便举手替它把箭拔下来。

"你就是他们那群人追赶的那匹狼吗？"

"就是我，可是，师父，光拔箭还不能救我。"

"你要怎么样，我是路人啊，我没有地方可以藏你。"

"你把你的书拿开，把我塞进去，不就得了。"

"你这么大，书箱这么小，怎么装得进呢？"

"你拿一根绳子，把我手脚捆了，把我的脚按到胸口去，再把箱盖锁上，驮在驴上，谁会知道呢？"

"好吧！我们墨家是救人第一。"

东郭先生把心爱的书一一搬了出来，又费了九牛二虎之力才把狼给塞了进去。然后赶着驴，慢慢往前走。

"师父，我今日如果有了命，将来一定会报恩的。"狼在箱子里一面保证，一面怕得发抖。

打猎的行伍在山林里窜来窜去，忽东忽西，他们和东郭先生的距离也时远时近。

"他们还没回头吗？"狼说，"我捆得不舒服啊！"

"再忍一下，他们就快回去了。"东郭先生必须装成心闲气定的样子，"啊，好了，他们走了，走远了！"

他打开了锁，狼高兴地跳出来。

"师父大恩大德，天地鉴察，我如果辜负先生，不得好死！"

"算了！我不指望你报恩，只希望你好自为之。"

狼拜别了东郭先生，像离水的鱼重新回到波中，它带着腿上的箭伤走了。

可是，转了一圈，它忽然停住脚。

"奇怪，怎么肚子这么饿？对，一早便被赶得没命地跑，心里一紧张就忘了饿了。"它想了一下，"不行，现在虽然没有弓箭的危险，可是饥饿一样可以让我死掉的啊！"

它的力气已经耗尽，要去捕杀什么小动物也已经力不从心，想着想着，它诡秘地笑了。

"嗯，那师父像是个善心人，干脆，我再去找他，请他好人做到底！"

"你怎么又来了？"东郭先生惊奇地问。

"我从一大早出师不利，什么都没有抓到，还险些给人抓走了。现在，靠先生的大德，这条命算是捡回来了，但现在我的新麻烦是饿得要死，眼看着捡回来的这条命又要没啦——"

"可是，你来找我有什么用呢？我也不会抓兔子给你吃呀，况且，老实说我自己也饿了——"

"我倒有一条妙计，只是不好意思开口……"

"说来听听嘛，大家商量商量。"

"思想起来，我若饿死，师父当时不如不救。"

"不救？你身带箭伤，投奔于我，我怎好不救？"

"既然救了，就请师父好人做到底，现在就舍身让我吃了吧，师父的大恩大德，我将来一起回报好啦！"说着，它扑上前去。

"天哪！我救了你，你竟要吃我，"东郭气得发抖，"天下哪有这种事，太忘恩负义。"

"先生，你这话说得就不对啦。天下忘恩负义的事才多呢！你看那些穿得人模人样的君子，受完了别人的恩惠有谁记得的？碰到便宜处，还不照样下手占便宜。还有些乱臣贼子，他们什么背信弃义的事做不出来？我不过是个禽兽，师父不必搬出那番道理教训我。"

"好，让你吃倒也罢了，但我就不信你说的那番歪理，咱们往前走，碰到谁就问，连问三个，看谁说的有理？"

于是他们往前走，首先碰到的是棵老杏树。

"该吃！该吃！"听完了申诉，老杏树狠狠地点头，"世界上的事本来就是如此，记得从前主人把我种下，才三四年，我就不断结杏子，他们一家又吃又送又卖，到现在四五十年了，如今我老了，结不出杏子来，他们就翻脸无情，把我劈来当柴烧。前些日子劈我的枝子，不久听说要把我连根挖起！哼，四五十年的恩都可以辜负，你那一点恩算什么！"

狼听了，喜得拍手，连忙理直气壮地去咬东郭先生。

"走开，我们说好了要问三个对象，还有两个！"

第二次他们遇见的是老牛。

"当然该吃，"老牛慢慢地说，"你看我，从小为主人耕地、拉车、碾粮食，现在我老了，力气用尽了，主人就把我丢在这荒郊野外。这还不说，我主人的老婆更刻薄，她居然说：'丢在那里可惜，一条牛值好多钱哩！待我去找个屠夫来把它杀了，皮卖去做鼓，肉卖给牛肉店，内脏我们自己吃，牛角卖去做簪子，骨头呢，烧成灰可以漆漆家具。'听说他们都讲好了，过两天就要来下手了。"

东郭先生又悲哀又气愤，真是有理说不清，他的思想，他的哲学，他的满箱的书，到此时什么用场都派不上了。

正在这时候，一位白胡子老人走了过来。东郭先生心里涌起一线希望，他觉得这人简直是搭救他的神明。

"哦！你们的问题我听懂了。老杏、老牛的话我也知道了。"老人转脸问狼，"他真的救过你？"

"救是救了，"狼一边说，好像忘了早上的事了，"可是，哎呀，对我可不太好呢，他粗手粗脚的，绑得我手脚发麻。"

"不过，我倒不信！"

"你为什么不信？"东郭先生和狼都很惊奇。

"你们骗谁？狼那么大，箱子那么小，你们当我傻瓜吗？"

"是真的呀，"狼说，"他把我捆得很紧，塞在箱子里。"

"口说无凭，"老人一副不想管闲事的样子，"除非你们再表演一次，否则我才没兴趣管你们这种痴人说梦呢！"

　　东郭先生和狼都同意了，这一次，动作很快，一方面由于不心慌，二方面也由于有过一次经验，到底熟练些。

　　"你看，他刚才就这样，把我弄得很不舒服。"狼说。

　　"你身上佩的是什么？"老人问东郭先生。

　　"一把剑。"

　　"你这傻瓜，还等什么！"

　　"等你相信了来评理啊！"

　　"这有什么理可评！"老人又好气又好笑，"跟这种大坏蛋有什么理好评？你这种傻书生！想不通的是你，我早就知道怎么回事了！现在唯一评理的办法就是用这把剑，杀了它就完了。"

　　"我，我，"东郭先生犹疑着，"我不忍心！"

　　"快放我啊！"狼在里面暴躁地叫着，"我饿啦，要吃啦！"

　　老人一声不响，抢过剑，只往皮箱里一刺，里面就安安静静了。

　　老人把剑还给东郭先生就转身走了，东郭怔怔地站着，听狼血啪嗒啪嗒往地下滴的声音，他迷惘地想，作为一个学者，此番见了魏王，该说什么才好呢？

九更天

清·京剧·佚名

作者佚名，此剧至今仍为京剧常上演者，一般观众常把剧中"滚钉板"等部分当作"杂耍表演"看。

米进图从噩梦中醒来，一身冷汗。

"可怕，哥哥七孔流血，要我报仇，会不会真有这回事儿？"

米进图父母早亡，是哥哥米进卿一手把他带大的，这天他为了赶考，第一次离家宿在客栈里，没想到竟做了个这样的噩梦。

"会不会是初离家的关系？会不会是我太想哥哥了？马义，你在哪里？"

"二东人，有事找老奴吗？"马义的脸色看起来疲倦惨伤，"老奴昨夜梦见……"

"什么？你也梦见我哥哥七孔流血而死吗？"米进图叫了起来。

"二东人怎么知道老奴的梦？"

"赶快算房钱回家，晚了怕来不及，我昨夜也做了这个梦。"

"大主母（注：大主母即女主人之意）请开门！"马义在门口拍门大叫，"二东人回来了！"

162

门开了，嫂嫂姚氏一身重孝。

"嫂嫂为何穿这种孝服？"明知凶多吉少，米进图还是开口问话。

"二叔，你刚走，你哥哥就得了暴病，一下子就死了。"

米进图走到灵堂，跪在地上痛哭不起。

"哎呀，二叔，人死就死了，反正也不能复生了，"姚氏居然毫不悲伤，"你一个人在这里哭太冷清了，我来陪陪你吧！"

"那算什么话，叔嫂总要避点嫌啊！"

姚氏悻悻然走了。

"侯花嘴，你看这可怎么办才好？"姚氏走到隔壁，找到她的相好，"那米进图回来了，万一我们干的事泄露了可怎么得了，我看他不好对付呢，他是念过书的。"

"嘿，我才不怕，我有的是计谋，你来，我告诉你，我去打点酒，把我那丑八怪老婆灌醉，今夜砍下她的头，然后把头藏起来，"侯花嘴说得轻松方便，"咱们趁黑把这无头女尸换上你的衣服，丢到你家门口去，然后我就嚷起来，说米进图逼奸寡嫂不成，把嫂嫂杀了。这样一来，他就得去偿命，你我就能长久过太平日子了。"

"哎呀，你真聪明。"

"不过你要小心藏起来，不要露面——让别人以为你真的死了。"

事情进行得很顺利，倒霉的米进图被糊里糊涂的官差押走了。

米进图是秀才，原来可以不吃太多的苦，但县令找人去问他老师要不要保他，老师听说出了这样大的案子不肯来保，县令便叫人摘了他的头巾，动起大刑来。

"快将杀死寡嫂之事，从实招来。"

"我没有做的事，有什么可招的？"

公差将米进图拖倒在地，一件件刑轮着来。

"我招了，"米进图渐渐不支，心里想，这种大刑如此惨毒，倒不如招了，即使处死刑也痛快些，"你们说的件件都是事实。"

公差立刻把他拖下监去。米进图没有想到世事沧桑，竟至如此，前天，他还兴冲冲地去赶考，自以为有无限光明的前程。昨天，他回家，竟然成了奔丧。而今天，不明不白地，他成了待刑的死囚。

"冤枉！冤枉……"一个苍老凄凉的声音传来。

"什么人喊冤？带他上来。"

"一个老头！"

"你叫什么名字？有什么冤枉？"

"我叫马义，不是我的冤枉，是我家二东人的冤枉！"

老人虽老，眼神和声音却毫无退缩害怕的样子，他接着把整个事情经过说了一遍，"二东人是冤枉的，昨夜他守了一夜灵，不可能去杀人，我可以作证。"

"你家二东人自己已经供了！"

"什么？他已经供了？"他愤怒地叫起来，"那也一定是他受不住刑胡乱招的，他不会杀人的。"

"罢了，我要退堂了，"县令冷漠地说，"你算是个义仆，你想救你主人，可以，限你三天内去把那无头尸的头找来结案！"

马义急得心里火烧一样，大东人不明不白地死了，二东人的命也在旦夕之间。米家多年来一直恩待他，他不能在这时候丢开不管。可是，到哪里去弄个人头来呢？

马义急昏了，竟想到自己的女儿，如果她肯死，他就有一颗人头，就足以证明女尸不是米家大主母的，二东人的嫌疑也就洗脱了。

但是一旦跑回家，他还是不知如何开口，他转弯抹角地把二东人的不幸告诉了老伴。

"哎，哎，"老伴哭了起来，"二东人平日待我们恩高义厚，我们每有急难他都当是他自家事一样帮忙，现在这节骨眼上我们可拿什么来还报人家？"

马义说出了限三日内交出人头的事。

"别的还好，这人头，却到哪里去找呢？"马老娘惊讶地问。

"只有一个办法……"马义不知怎么说，"把女儿月香的头……"他说不下去。

"什么！"马老娘急得挡在月香面前，"我们年纪老了，又只这一个女儿！"

月香听了，也惊骇地哭了，她正年轻，她不要死。

"为人的道理应该如此啊！"马义也哭起来，"你不闻俗语说吗？'受人点水恩当报涌泉！'"

"不，不，万万不能！"马老娘像疯了一般，她抵死也要保护女儿。

马义把钢刀掷过去，月香接住了，

"爹，娘，"月香收了泪，"孩子自刎了！"

说着，她倒在血泊之中。

"大爷，"马义面容哀戚地来到衙门，一日之间，他竟又老了十年。"人头找来了！"

"你骗我老眼昏花吗？"县令生气地叱骂，"你这人头是假的！"

"怎么……怎么……是假的？"

"那女尸已是中年妇人，这人头却显然是年纪轻轻的少女，你从哪里弄来的？说！"

"我，我二东人委实没杀人，叫我去哪里弄人头，我心里一心要救主人，没奈何，回去和老妻商量用女儿的人头，女儿深明大义，一心想报二东人多年的恩德，就……就……举刀自刎了……"

"好了，好了，你真算一名义仆。既是义仆，我教你一个办法，你还是死了心，去替你的二东人买一口好棺材吧！"

马义失魂落魄地走出来，绝望地坐在路边。一口棺材，一口棺材，二东人是他从小带大的，他又宽厚又聪明，眼看就要走功成名就的正路，而现在，现在一切改观了，难道他真要去为他买一口棺材吗？

忽然，他听到街上有人开道，是奉命出朝的闻太师经过。

"试试看，"他想，"我干脆去告县令一状。"

"冤枉啊！"他颤声唱着。

"谁？"

"我是马义，前来告县令，望太师为我申冤。"

"大胆！"闻太师大喝一声，这案子蹊跷，他故意刁难，来看马义的反应。

"你竟敢告县令，你可懂王法？"

"懂！"马义毫不畏惧，"我正是因为相信天下有王法，所以才来的。"

"乱告状诬赖人的这里有虎头铜铡（注：铡器略如断头台）！"闻太师试探他。

"虎头铜铡算什么？刀山我也敢上。"

"好，铜铡搭上来。"

有人把马义的头放到铡口，只要一按机关，人头就会落地，但马义颜色不变，闻太师暗暗惊奇。

"除了虎头铜铡，我还有三十六根神钉板，你敢去滚钉板吗？"

"只要能为主人申冤，别说钉板，油锅我都敢下。"

马义被剥了上衣，赤膊滚过钉板，等站起来的时候，已是满身鲜血。经过这一番考验，他的案子被受理了。

夜深了，闻太师到城隍庙上香。

重重阴影中，米进卿、马月香和侯花嘴的妻子三个冤死的鬼魂飘晃晃也来到了城隍庙。

闻太师上完香，累了，打了个小盹，三个人的鬼魂便同时来托梦，三张悲苦无告的脸在闻太师的梦境中浮起，他们不说话，只深深地向他叩拜下去，闻太师想看仔细点，他们却已消失了。之后他看见一只猿猴，口含着花，蓦然间，他醒来了，时间正是三更。

按照县令手判的刑期，执行的时候应该是五更，时间眼看来不及了。公文往返是需要时间的。

五更打了，奇怪的是天竟不亮，更夫呆了，从来没有发生过这种事情。

又过了一个时辰，天地仍然一片黑暗。

"怎么办？"两个更夫互问。

"打六更吧！"

"只有五更，哪有六更？"

"那有什么办法，天不亮，只好如此。"

又过了一个时辰，天仍不亮，他们打了七更。

这时候，闻太师的公文到了。

"什么时间了？"县令也糊涂了，"怎么天还没亮？"

"七更了！"

"七更？"县令暗自心惊，从来没听说过七更，竟然天还不亮，这其中必有隐情，闻太师的公文也说要详问这件事，他心虚了。

"你被人告下了，"闻太师亲自来了，"米家的仆人马义认为你案子问得糊涂，把米进图提出来再问吧！"

"案子是谁告发的？"闻太师问。

"是他们一个邻居，"县令很惶恐，"叫侯花嘴的。"

"侯花嘴？"他忽然想起昨夜梦中的三个鬼魂，以及口中含着一枝花的猿猴，"把他带来。"

由于做贼心虚，侯花嘴一听说官府有请，已经吓得腿软脸白了，闻太师察言观色，已有七八分把握。

"你的事我们全知道了，你还是从实招来吧！"

侯花嘴信以为真，立刻照实说了。

"我跟米家大娘子早就私下来往了，只是碍于米进图，不方便。前些日子，他们主仆走了，我们两人就趁机对米进卿下了手，没想到米进图又回来了，我们怕他发觉，就把我老婆李氏杀了，人头藏在床底下，身上换了姚氏的衣服，趁黑丢到米家门口，好诬赖米进图奸杀嫂嫂，等除了他，我们就方便了。"

公差依言找到了人头，姚氏也承认了，米进图恢复清白。

刑具早已准备好了，但被杀的不是米进图，而是那一对邪恶的男女。

案子已经了结，闻太师却仍坐着不动。

"米进图，你有今天的性命，全靠马义这义仆。他为了想救你的一点愚忠，甚至连女儿都牺牲了！米进图，你是读书人，应该明理，从现在起，你不可以再视他为仆人，你应该拜他作义父，奉养他的天年！"

"是的，晚生也正是这样想。"

米进图转过身去，神色凝重地跪倒，恭恭敬敬地叫了一声"爹爹"。

马义原先因思念亡女而凄怆落寞的脸上闪过了一丝惊喜欣慰的笑容。

外面更夫打下第九更，长夜消失，天终于亮了！

第五章

历史剧

桃花扇

清·孔尚任

孔尚任（1648—1718），山东曲阜人，为孔子六十四世孙，字聘之，又字季重，又号东塘、岸堂，自称云亭山人。博学有文名，通音律，曾为国子监博士、户部员外郎，除《桃花扇》外，另有诗文《阙里新志》《岸塘文集》《湖海集》《会心录》《节序同风录》等。

孔氏写《桃花扇》不但重曲文，也重说白，本剧说白之优美深激，为一般剧所不及。唯一般人如梁启超多赏其《哭主》《沉江》或《余韵》，本书所选《闲话》由一小人物来悼念大明朝之亡国，益见真情。

"原来——姹紫嫣红开遍——

似这般——都付与断井颓垣——

良辰美景奈何天，赏心乐事谁家院——

朝飞暮卷——雨丝风片……"

崇祯年间，秦淮河畔，纤小秀丽的李香君正在跟师父苏昆生学唱《牡丹亭》。

"不对，不对，'丝'字要唱得蕴藉，要唱在喉咙里面。"

《牡丹亭》故事中为情而死、为情而生的杜丽娘，为着素未谋面的梦中男子而殉情的故事，香君唱着，一颗心，莫名地凄伤起来。作为名妓李贞丽的养女，她注定要成为一个娟妓，秦淮河水流尽六朝金粉，前面将有怎样的命运等着她？

"遍青山——啼红了杜鹃——荼蘼外——烟丝醉软——"

而金陵旧城，处处胜景繁华，大明朝最后的残阳，兀自焚着一片亮丽。

沿着莫愁湖走着，侯方域和友人一起去看道院中的梅花。

"我们去听柳敬亭说书吧，他这人真不简单，"吴应箕说，"我看他是我辈中人，不过隐身说书场中罢了。"

柳敬亭果然狡黠，他居然对这般文人大说《论语》的故事：

"当时鲁道衰微，我夫子自卫反鲁，然后乐正，那些乐官才恍然大悟，愧悔交集，一个个东奔西走，把那权臣才势之家闹哄哄的排场，顷刻冰冷……"

这人一开口就不俗，他看来是有许多话要说，许多抱负要伸展的一个人，他在故事背后期望怎样一位人物来"正"怎样的"乐"？

农民军连败官兵，并且渐渐逼近京师，左良玉将军驻守襄阳，中原无人，大势显然已不好，金陵古城的梅花暗香一阵阵不安地浮动着。

清明三月，柳丝渐渐舒金散碧，金陵名妓相约到暖翠楼举行"盒子会"。

赴会的全是莺莺燕燕的姐妹，彼此都是手帕交，各人带一个菜来，大家饮酒作乐，唱曲逍遥。在这里，她们有其尊严和欢乐，逢年过节，大小喜庆，全都是她们休假聚首的好日子。

"男人也可以去吗？"侯方域听说这好玩的会聚很想看看。

"不行，规矩很严，不准男人去的。"有人向他解释这种风俗，"不过，男人可以站在楼下，看到你中意的人，就丢个传情的信物上去，她们如果中意呢，也就丢个定情的表记下来，那就要看运数了。"

"听说有个叫李香君的——"

"哎呀，香君不能算她们淘里的，她只是陪着她娘李贞丽罢了，她呀——真不得了，人还没有出道，已经艳名四播了，长得娇小玲珑，一条嗓子脆生生的真好听哪！……"

及至侯方域站在暖翠楼下，才发觉李香君其实比别人传说中的更美丽清雅。他顺手将南海檀香木做的扇坠子抛上楼去，而楼上也丢下包着鲜红樱桃的雪白手巾，才三月呢，是初熟的樱桃吧？

而事实上，侯方域倾慕香君的话，早有人传给李贞丽了。今天当面见了，李贞丽对这位世家公子是很满意的。与其让孩子在风月场中厮混，不如趁早嫁个好对象。她是过来人，她爱香君，她不要让她吃一点苦。

事情很快说拢了，喜期也定了，礼物和酒席的一切需用，包括香君的衣服首饰，算来大概要两百多金，朋友杨龙友竟一口应承了，侯方域暗自庆幸自己的好运气，有朋友肯疏财，有美人肯垂青。

婚礼办得十分热闹风光，喜筵之后宾客闹房，侯公子解下了随身所佩的宫扇，送给香君，大家又起哄要香君捧砚，公子题诗，欢乐喧闹一直持续到深夜。

事情并没有侯方域所想的那么单纯，美人的垂青是真的，杨龙友的热心却另有居心。新婚第二天清晨，杨老爷又来相贺，香君有点动了疑。

"杨老爷，恕香君直言，您自己平日也不宽裕，平白为我们花了这么多钱，香君很觉不安，今天想把此事多知道一点，以便来日图报。"

"你不问，我也不好说，我其实哪里有钱，这钱三百金是阮圆海交给我的，指名要送给侯公子的。"

"阮圆海？就是阮大铖吗？他拿钱来干什么？"侯公子问。

"他也是一番好意，听说你客途中不丰裕，特来促成这段姻缘，他又怕你心高气傲不肯接受，所以托我冒名代送。"

"他其实算来是我的长辈，人又聪明，一本《燕子笺》，不但写得好，演得也好，没有一字一句不讲究，可是——我不耻他的为人，早就跟他断绝来往了。"

"唉，他也有一段苦衷啊，他原来是赵梦白门下的人，梦白先生就是给魏忠贤那奸贼害死的，算起来他的立场是和我们一样的。后来，他一度跟魏党合作，其实那是不得已的权宜之计，他

175

为的是救东林（注：东林指东林党，是一些讲原则、讲道统的学院派人物，全盛时势力颇强大，喜欢指摘当政，无所避忌，先为魏党所忌，及魏党消灭后又为宦官所陷害），没想到魏党一败，东林方面也不谅解他，再加上你们复社的朋友最近也在大力攻击他（此处复社指崇祯年间，合南北文社中人于吴县，名取"兴复绝学"之义，声势颇为浩大，至福王时，与阮大铖冲突，发生党祸，牵连太多，终至消亡）。他觉得很遗憾，常在家里叹气，恨大家不能同心，阮先生早就闻说公子的大名，想要借你之力跟复社的人解除对立。"

"好呀，复社那批全是我朋友。"

"不行，阮大铖这种人是墙头草，一会儿倒魏忠贤，一会儿又以东林党人的保护者身份自居。连我都看不起他——拿走拿走，我才不稀罕他的衣服！我不要公子为我所累！"

李香君发起性子，把身上的外衣和头上的珠翠全脱了下来，掷出门去。

原来香君气性如此刚烈，侯方域第一次发现这位美人的另一面。

"东西拿回去吧，阮圆海那番话是假的。他实在是个趋炎附势的小人，我不能理他了。做个男子汉，我不能比不上香君。"

杨龙友自讨没趣，只好走了，阮圆海对复社的人更加恼怒万分。

在武昌，左良玉带着三十万人马驻守。一个月前，他还曾向盛产稻米的湖南借了三十船粮食，没想到一眨眼间竟又消耗完了。饥饿的士兵大声请愿，三十万人的声浪委实可怕，一副要兵变的样子。传话的人告诉群众江西粮饷即日到达，可是他们依然高声大叫。

惶急中他传下话去说，为了紧急应付之道，部队不日开拔，到南京去，那里不虞缺乏。

听说要移驻南京，群众高高兴兴地散了。留下左良玉，兀自发怔，私自移防，不是小罪名，这场是非，将来说不清了。但饿兵一反，问题更大，挖肉补疮，眼前也只得如此了。

杨龙友匆匆跑去柳敬亭的说书场中。

"侯公子！大事不好了，亏你还有心情在这里听说书呢！"

"唉，我们也无非谈一回剩水残山，孤臣孽子，相对流场眼泪罢了。"

"左良玉领兵东下，要抢南京，说不定有窥伺北京的意思，兵部尚书束手无计，叫我找你商量一条计策。"

"找我想计策？"

"是呀，你忘了，令尊是左良玉的老长官，左良玉一向佩服他老人家，如果能得令尊一信劝告，事情就可制止。"

"家父早退休了，就算他肯写，河南老家往返三千里，怎么救得了目前之急呢？"

"这样吧，事情至此，也只有权变一下，你先假令尊之名写了信，然后再禀告令尊，想他老人家也不至深责的。"

侯方域当下抓了笔，一挥而就。

"写得好，"杨龙友在一旁赞叹，"可是，要找个什么样的稳当人来送信才好？"

"让我去吧，"柳敬亭不慌不忙地说，"你们别看我个子高，我并不是饭桶，一切随机应变的口才，左冲右挡的臂力，我都有一点呢！"

柳敬亭带着密书，一路到了武昌，找到左良玉将军，总算把信呈上了。

"唉，敬亭先生，你有所不知。"左良玉一肚子苦水，"这座武昌城，因为被张献忠洗劫过，十室九空，镇守在此，没有粮草，饿兵一闹，连我也做不得主啊！"

正说着，有人奉上茶来，柳敬亭顺手便把茶杯掷碎了。

"你这人怎么这么无礼？"

"对不起，不是我，是我的手要摔的。"

"呸，这倒怪了，手是你的，你的心做不了主吗？"

"唉，心若'做得了主'怎么会叫'手下'乱动呢？"

左良玉一愣，这人不简单，当下正在摆饭，柳敬亭一面毫无礼貌地大叫"好饿，好饿"，一面竟大踏步自己往里面走去。

"喂，喂，饭摆在这里，你不能入内，你只许在这里。"

"啊哟，太饿了嘛！我要进去吃！"

"哪有这种规矩？太饿就准你入内去吗？"

"哟，'再饿也不准入内'，这道理原来将军是懂得的哩！"

左良玉更为吃惊，这人究竟是谁？怎么处处机锋！江山万里，尽有豪杰人物，一介说书人尚且如此，我左良玉总要爱惜一世英名啊！

没想到寄书一事对侯方域而言竟惹出许多灾祸来。阮圆海那批人一口咬定他"用密语，假密使，寄密书""时常私通，图谋不轨"，这事简直无从辩起，杨龙友急急相报，希望他避过缉拿，远走高飞。

"我……我纳香君才半年啊！"

李香君停下板节，当着苏师父、养母和公子立刻正了颜色：

"公子，我所以委身于你，是羡你的豪气，在这种节骨眼上，凡是忠良之士，都当为国自重，哪里可以作此儿女情态！"

大家商量着，香君在一旁收拾行装，行程终于决定了，先依靠史可法去，再作计较。

又是春天，又是二月，春讯不来，传来的是二月十九崇祯皇帝缢死煤山的消息。左良玉换上白衣哭祭，史可法将信将疑，灵通的如马士英、阮圆海等人却已经在着手进行再迎立一位远房的福王继承帝位，许多人奔走相告都想去插一脚，能迎王有功，大概总有一杯羹可分吧！

而侯方域颇不以福王为然，他分析福王无论就道德、气魄和能力各方面都不足以成大事，史可法也就有些犹疑。但福王还是被迎立了，一时，许多热心奔走的人都成了新贵，马士英算功劳最大的，史可法虽然态度冷淡，但因手上有兵权，仍然做兵部尚书，一朝天子一朝臣，谁又知道这一班君臣各人作怎样的打算，有怎样的命运？

新贵中有一个叫田仰的，有了钱有了势，忽然想纳一个小妾，拿了聘金三百，叫杨龙友帮他找一个。杨龙友是个没原则的人，他立刻又想到李香君。照他看，李香君虽不曾真正执壶卖笑，但总是娼家的人，从小耳濡目染，不可能是个三贞九烈的女子，而侯公子走了快一年了，眼见得阮圆海当权，形势上一时也不敢回来，何况他逃命的时候也曾丢下一句话：

"香君，有合适的人，你就不要守我了。"

没想到香君回得十分坚决，连转环的余地都没有。

阮大铖听到了，他想起自己的旧隙，开口大骂，马士英也觉得自己手下的人不可如此吃不开：

"什么臭婊子，我们新任的田大夫，拿着聘金三百，还不能把她弄到手吗？"

田仰原是一介老粗，经人一起哄，越想越不是滋味，便决定去强迫带人。绣楼上一片慌乱。

"待我进去跟香君商量商量。"李贞丽不得不说得婉转些。

"哼，相府要人，哪有商量的余地？"差人凶恶万分，"银子在这里，轿子在门外，叫她上轿就是了！"

"梳个头化个妆总要点时间吧！"李贞丽到底是见过各种人物的，"你们且听听歌儿，消遣消遣。"

"孩子，外面事闹大了，"李贞丽和言婉语地说，"也不是我逼你，你自己斟酌着看吧，田家扛着马大人的招牌，我们得罪不起。而且，侯公子一时回不来，你嫁了田仰，一辈子衣饭不缺你的。"

"侯公子不回来我可以等，等个十年八年一百年都可以，这些日子来，别说嫁人，为了少是非，我连这楼也没有下过，谁稀罕衣食，我就饿死也不改嫁！"

"你还是梳个头吧！"

"不要！死也不要！"

忽然间，像发了疯，她拿起那把扇子前后左右乱打，深秋天气，扇子早该收的，但是因为那是侯公子的扇子，她一直恋恋地放在手边，而此刻，她悲愤地想着侯生的逃亡，想着别人想法中对她的污蔑，她疯狂了，为什么，为什么要这样待我，滚开滚开，不要碰我！

"天哪，她不要命了，怎么回事，那扇子在她手里简直像利剑似的！"

"也由不得她了，"李贞丽叹了一口气，"香君，这都是命，让杨老爷抱着你下楼来吧！"

"你们听着，谁要我下这楼，我今天就死给他看！"

"香君！"杨龙友走近一点。

"好个杨老爷，真是贵人多忘，当时为侯公子说合的不也是你吗？"

"香君，此一时也，彼一时也，艳色自古天下重，都是命啊！"

"哈，哈，艳色，我就把这艳色毁了！侯公子不在了，我要这艳色干什么？"

忽然，她抱着扇子，猛地往地上一撞，立刻血流满面，晕了过去。一把诗扇上溅满血点，像另一种笔写的另一首诗，跟侯公子当初题赠的那一首和韵。

"这孩子怎么这么想不开，"李贞丽又疼又急，"怎么办？外面又在催人上轿！"

"只有一个办法，"杨龙友为人永远是圆转的，"反正黑天暗夜，又蒙着纱，你就顶替香君算了，那田仰也只是慕香君的名，并不知道香君的样子。你去，已经够让那老家伙流口水的了！"

"可是，香君昏倒在地，我一走她如何是好！"

"你不走也救不了她，你去了，她还能拖着过日子。"

也许很荒谬，乱世里什么事都会发生，一顶轿子，把香君的养母抬进了田大人的官邸。

闷沉沉的，香君倚着妆台打盹儿，一把血扇，晾在旁边。

杨龙友和教唱师傅苏昆生一起来看香君，只见触目的血红点子，展示在扇子上。

杨龙友灵机一动，顺手弄些草，榨了汁，就着血点，画了一幅折枝桃花。

"飘零的桃花啊！"香君醒来，对着有诗有画的扇子落泪了，"那就是我啊！"

"我最近要回乡，顺道可以打听侯公子的消息，"苏昆生一向很看重这个徒弟，"你写封信，我替你捎去吧！"

"就烦苏师父把这扇子带去，千言万语，也都在其中了。"

中原鼎沸，不幸的又岂是这一段小小的爱情。

史将军的位分虽不小，心有所忌的朝廷却把他调在远方驻守，可惜明明已经是最后的残山剩水了，各将军之间却把对内的火拼看得比对外的拒敌更重要，大明朝的军力越来越危殆了。而在文人之间，阮大铖也容不下复社东林那批人。

苏昆生在路上巧遇侯公子，侯方域赶去探望香君，却是人去楼空，李贞丽当初既冒了香君之名，香君此刻也只好充作李贞丽，被官厅呼去侍候歌筵了。而一片搜捕声中，侯方域也进了牢狱。

左良玉的手下十分不稳，尤其不幸的是，他的儿子左梦庚也有了私心，想要割据为雄，左良玉深恨这种事，竟至羞愤而死。

北兵南下，史可法死守扬州城，他下了命令：

"上阵不利——守城，守城不利——巷战，巷战不利——短接，短接不利——自尽！"

听到军情紧急，皇帝、朝臣和嫔妃一起往城外逃。

而百姓一听说皇帝要走，也人心溃散，大家跟着乱跑，敌人还未到，南京城却已整个溃散了。

扬州失守，史将军缒城而下，想到保护圣驾要紧，便赶往南京而去，及至一打听，皇帝也逃了，而且下落不明，作为一个败军之将，天地虽大，他却不愿在任何一个地方容身，纵身一跳，随着滚滚长江而去。

　　清兵入城了，一片大乱中，侯公子和香君各自脱身而逃，出了城，大家直奔栖霞山而去。香君寄身在女道士住的葆真庵里，侯公子宿在另一处男道士住的采真观。

　　七月十五日，道士们设焰口，想要打探幽冥世界的消息，大家都想知道一代朝臣的生死结果，火光神秘地腾跃着，众人在惊讶和肃静中听道士说梦境中所见的兆头……忽然，香君和侯方域的目光越过群众而触到了！

　　深山、黑夜、鬼魅的火光，生离死别，地覆天翻，夜夜梦里的脸，为什么人群这么拥挤？他们努力穿穿不尽的人群，这是真的吗？这是真的吗？他们彼此捏痛了对方的手。

　　"清净道场，怎容男女闲杂在此调情！"法师大喝一声。

　　"师父，"有认识的人在一旁解释，"这是名满天下的河南侯公子，那是无人不知的金陵李香君啊。师父，你是认得他们的啊！"

　　"哈，哈，谁是天子谁是臣？谁是侯生、李香君？而今国亡家破，还恋着那割不断的情根欲种，岂不可笑？痴虫啊！痴虫啊！你倒回答我，如今国在哪里？家在哪里？君在哪里？父在哪里！偏偏就这一点花月情根，剪它不断吗？"

　　忽然间，侯生松了手，全身冰凉。

　　香君也垂下眼睫，聪明如她，怎会不知侯公子的心情？是的，夫妻儿女，那是太平岁月的人的福分，而今日一旦下山重入红尘，种种事情就会跟着来，第一样逃不过的，就是清廷的逼官。入道吧！入道吧！从此在世上注销自己的名字吧！够了，半年胶漆相从，两年刻骨相思，够了，人世种种恍如前世烟尘。够了，够了，此生此世，我们已爱过恨过，而今而后，只有栖霞山中朝朝暮暮的道院经声。

他想起那年春天，初识柳敬亭，在湖畔听说书，敲板乍停之际，忽觉无限凄凉，他曾吟道：

"暗红尘霎时雪亮，热春光一阵冰凉。"

没想到人世的散场分手，也是这般。

"你们怎么说？"师父厉声而问。

"弟子愿意就此拜师入道。"

"李香君，你呢？"

"弟子也早有向道之心。"

两人互望了一眼，千缕情丝，到此全都一剑挑开。两人各自跟着自己的师父，回到男女道观中。

一个悲伤的故事吗？并不特别悲伤，在江山一掷的大赌局里，有多少凄凉的情节啊！一把小小的桃花扇的故事，又算得了什么呢？

第六章

以爱情为主题的剧

西厢记

金·董解元

作者董解元，金章宗时人，其他资料不详，事实上"解元"并不是他的名字，当时读书应举的人，普遍都称为"解元"，换言之，我们对这位极有才华的作者唯一确知的是他的"姓"。本剧的名称很多，或称《董西厢》或称《诸宫调西厢》《弦索西厢》《搊弹西厢》。

《西厢记》也可能是中国小说戏剧史上被翻写得最多的一个故事，如王实甫的《西厢记》，亦甚成功。

他，张君瑞，二十岁不到，父母就去世了，父亲生前是礼部尚书，家住长安，父亲去世后家徒四壁，自己又不善理财，五六年间，真的穷了下来。

到了二十岁，没有家累，他爱上了浪迹天涯的生活，走南闯北，到处浪荡。大唐贞元十七年二月，他来到黄河畔的一座大城蒲州，独自在客栈里住下，是无限繁华中的一点小孤寂，一个无父、无母、无妻、无子的二十三岁男子，店小二看着不免惊奇：

"客官啊，您也出去走走啊，这二月中，河水都解了冻，正是花朝好日子哩，这出城十里有个普救寺，嘿！不是我小的吹牛，我看天宫也赛它不过哩！"

不该听那番话的，这一游，却游出麻烦来了。

普救寺果然辉煌，七层宝塔，百尺钟楼，屋顶是一片琉璃瓦，大殿里烟雾缭绕，无所事事的张生又继续往前走，这座寺庙不仅建筑物华丽，整个环境也多花木之胜。张生走着走着，穿过重重的柳，跨过淌着落花的小溪，绕过精致的粉墙，忽然，匆促间，他看到一个炫目的身影一闪而逝。那是一个年轻女子的身影。

仅仅一照面，那影子却像一枚烙印一样，猝不及防地"打"在他的眼膜上，那一弯翠眉，那一蔚秋水，那一顾盼间的蕙质兰心，那一行止之间的端丽动人……

突然，一只手搭在他肩膀上，很粗大有力的手掌。

回头一看，是个高大粗壮的和尚，这人强壮过分，简直不像出家人。就在这一刹那，女子消失在门后。

"到此为止！你不能再往前走了。"

"我不过随便逛逛，为什么别人能走的我偏不能？"

"不能就是不能，崔相国的宅眷借住在里面，闲杂人等，不可过去。"

"崔相国？"

"崔相国去世了，一时还不便安葬，一家人停枢守灵。家里只有个老太太、年轻的闺女莺莺和一个十岁左右的小弟弟，最近就要做一场水陆大会的功德呢！"

还好，张生放下一颗心，她毕竟是人，而不是神仙。直肠愣脑的法聪甚至无意间说出她的名字：莺莺。莺莺，多好听的名字，他立刻在心底秘密地偷叫了一千遍。

中午，他和法本长老一起用斋。席间，张生谈起想要借住僧房一间温习诗书的话，法本长老立刻答应了。

咫尺天涯，真是闷如丝，愁如织，夜如年。

听说老夫人治家甚严，张君瑞只有远远地受折磨，而不敢接近。怪谁呢？怨谁呢？都怪春天吧。

做法事的这一天终于到了，老夫人出现了，梳了个白髻，一身素服，表情严峻，一看便知道是个精明能干的老太太。

莺莺也在场，穿着孝服的她，在哀恸中竟也别有令人心动的地方。张君瑞很直觉地感到众和尚隐隐都不安起来，这样绝色的美人令有道行的人也要把持不住。

不该住到普救寺来的，这样愈陷愈深，愈深愈陷，不是聪明人的行径，但在恋爱中的人又有谁是聪明的呢？何况，春天的风总是使人糊涂。

不知道是不是天随人意，平静的寺庙里竟生出一件天大的事来，崔相府的法事刚办到尾声，钟鼓一时都安静下来，忽然一个小和尚面色如土浑身乱颤地跑进来。

"不得了啦……不得了啦……好多兵啊……我们给人家围住啦，围了好多层啦……"

"什么？是谁如此大胆？"还是法本比较抓得住要点。

"叫……叫……孙飞虎。"

"哦，孙飞虎，这人如今做了叛军，他来做什么？"

"他，他……要我们打开寺门，供他吃住……"

"呸，偏不开，"法聪瞪着一双铜铃眼，大吼起来，"接纳叛军，将来如何对朝廷天下交代？他孙飞虎又不是天兵神将，我法聪偏不怕他！"

"不要吵了，"法本说，"从长计议，他们虽然围着普救寺，量他们一时也不敢下手。"

"要说念经拜佛我不耐烦，"法聪拍着胸膛，"要比胆子，咱可不输他孙飞虎！上有国法，下有寺规，哪容他孙飞虎来撒野？来，大伙看我已经解下这把戒刀！有敢跟我来的都站到堂右边来！"

奇怪的是，那些平日看来恭良谦顺的和尚，给法聪一吼，竟然有三百人站出来。听说孙飞虎手下有五千人，三百人不到对方的十分之一，但法聪还是抖擞着精神走了。

法聪并不孟浪，他先登楼叫话，陈说利害，孙飞虎仍然坚持要住进寺里去。

"你们且退三百步，我自来跟你们面谈。"

孙飞虎果真退了。

没想到一出寺门，法聪带着这支敢死队硬冲而来。

"你个和尚，不慈悲为怀，居然拖刀带棒来杀人！"

"嘿嘿，彼此，彼此，你吃着国家俸禄居然敢造反！"

法聪嘴不饶人，手也不饶人，两下立刻恶斗了起来。这一斗彼此都发觉对方很难缠。

"我们只不过要借个食宿！"孙飞虎无意恋战。

"不行啊，崔相国的家眷住在寺里，外人不可随便出入的！"法聪自作聪明地解释，"人家是弱女稚子，你们是乱军贼党，我们怎么可以开门？"

"啊！"孙飞虎一听大乐，"我早听说有名的美人崔莺莺在此，果然不错，哈哈，这可好了，我现在指名要莺莺，把莺莺弄到手，我带着这俏皮货去见河桥将军丁文雅，那个色鬼一定大乐，这样一来，我俩联军，连朝廷都可以不必怕了！"

法聪没想到事情急转直下弄成这种形势。

"我原来是要来住的，现在不用麻烦啦！你们只要把莺莺送出来就好了，不给我莺莺，我就一把火烧了这普救寺，哈哈，看谁救得了你们？"

火还没有烧，整个寺都沸沸扬扬起来。那些经卷，那些金碧辉煌的建筑，那千百条的人命……更令人忧急的是殿上的菩萨以及崔相国的灵柩，都要烧成灰了。

"娘，"莺莺哭了起来，"事到如今，就让我去受辱吧！这样，父亲的灵柩才可以保住，娘和弟弟以及满寺的人才有活命。"

"娘怎么舍得你？"老夫人除了哭什么主意也没有，两人哭得肝裂肠断，大家听了也不忍。

"唉，小小一件事情，看你们居然搞成这样子！"说话的是张君瑞。

"小事！"法聪气得脸色通红，"你个书生懂什么？"

"我有个朋友，叫杜确，人称白马将军，是我的生死交，我只要写几行字给他，他立刻会带兵来解围，法聪，你敢去送信吗？"

"孬种才不敢送！"法聪最经不得人激将。

"不过，我话要说在前面，"张君瑞抓住机会，"我与夫人非亲非故，此番事成，希望夫人不要以外人待我。"

"什么话？"夫人说，"只要你不嫌弃我们，我们就是一家人了。"

彼此的话都说得很模糊。

恋爱中的男子，总是希望对方有难，来证明自己的爱心，这种机会竟让张君瑞等到手了。看来住在普救寺是对的。白马将军果然不负友情，一场恶战，孙飞虎被斩首，普救寺终于获救。

张君瑞也自觉获救了，不是生命安全，而是一颗快要焦干渴死的感情从此可以安定下来了。

奇怪的是夫人一点表示都没有，他只好托法本师父去问。

"好吧，明天请张先生来用便饭，我自己跟他解释。"

席上只有老夫人和一个小男孩，莺莺没有出现。张君瑞心里猜疑，嘴上却又不好说。

"小姐说她身体不好，今天不出来了。"丫鬟红娘来传话。

"哼，"夫人生了气，"什么叫身体不好？要是在乱军里死了，身体又如何？人家救命之恩都不肯谢一下，太没规矩了！"

张君瑞什么也不好说，过了一会儿，莺莺出来了。家常衣服，一点装扮也没有，委屈地坐着。她的倔强骄傲也自有一份动人。

她显然不愿意以"受恩者"的身份出现在"大恩人"面前，她是高傲的，她不能忍受把自己当作"报恩"的物件。她看来并不讨厌神气英爽的张君瑞，可是，她低垂着一蔑长睫，不肯透露半分眼波和心事，只遵母亲的吩咐叫了一声哥哥。

"莺莺几岁了？"

"十七了。"夫人说。

"上次晚生驰书求救以退贼人的时候……"

"我今日请张先生来，也是为此，莺莺本来是说了人家的，对象是我哥哥的儿子郑恒，是他父亲生前许下的，当时已经要结婚了，可是崔相国忽然撒手，事情就停下来了。要不是有这重困难，让莺莺配先生我是很乐意的啊！"

"原来莺莺是定了亲的，"张君瑞的眼泪愤然流了下来，"可是，当时你们为什么不告诉我，让我死了心呢？而且，郑恒也是有财有势的公子，孙飞虎来抢亲的时候他却躲到哪里去了呢？"

他的眼光横扫全桌，忽然，他遇见莺莺抬起的眼睛。

奇怪，刚才他穿着最好的衣服，保持最好的风度，她却低着头，懒得看自己一眼。而此刻，他声音嘶哑，泪流满面，眼睛里全是受伤的创痛，一双手捏得咯咯作响，虽没饮几盅酒，却因为自觉上当而几乎瘫倒，他是如此狼狈……而就在此刻，她反而抬起头来关怀地看着他，她那样无避无畏地当着老夫人的面用温柔流丽的目光爱抚着他。

他不能再说什么，只暗自惊奇，一双眼，怎么能说那么多话。够了，不管有多少委屈，都不要再争了，有那动人的一盼，够了。

"张先生醉了，"老夫人的声调既不关怀也不冷漠，"红娘，好生服侍张先生回房休息。"

夜雨敲窗，张君瑞独坐房里，这普救寺是不能住了，走吧，走吧，回长安去吧！流浪得太久了，该回去了。

一身天涯，哪有什么值钱的东西好收拾，不过是几本旧书，一把剑，一张琴而已。

"哎呀，原来你有这么好的一张琴，"红娘看了，惊叫起来，"有希望了，我告诉你，莺莺最爱音乐了，你既然能弹琴，她一定忍不住想听。"

人生到底是怎么一回事？真有这种事情？一张琴，可以挽救自己的不幸吗？不管怎么样，总该试试，好多次请红娘帮忙，她都严词拒绝，坚称绝无可能，而现在她居然主动地说这方法一定有效。

"就是在今天晚上，好吗？我把弦调好！"

晚上，月如水，看来老天也在助成人间好事。古鼎中焚着香，胆瓶里梨花杏花的幽香流溢着，张生把琴横在膝上，轻轻地抚弄着：有多少说不尽的爱情，有多少狂暴的悔恨，生命中道不尽的焦灼、欲望和痛苦，一个漂泊灵魂的凄凉，一场没有希望的恋情……都沿着琴弦缓缓流下。

隔着墙，莺莺站在花下听，泪水急促地滚下，像一湾跟琴声相和的流泉。多悲伤的琴，多悲伤的歌。

"有美人兮，见之不忘……张弦代语兮，聊写微茫……"

忽然，他推门而出，只见月下莺莺消瘦的背影正匆匆离去，他知道莺莺已经听到了他，他同时感到一份满足和一份空虚。

"莺莺回去以后怎样？"张生急着问红娘。

"她只是流泪，只是叹息。"

"把这首诗替我传给她，好吗？"

"你如果想写些情词挑动小姐就错了，上次听琴是可以的，因为她以为你不知道。可是你托我带诗给她，这事做得太明目张胆，她就会摆小姐身份，大骂我一顿。"

"试试看吧！"

诗被放在妆台上，不出所料，红娘果然挨了骂。

"我也不便当面骂他，你把这封信送去。"

张生打开信，原来是一首五言小诗：

待月西厢下，迎风户半开。

拂墙花影动，疑是玉人来。

奇怪，听红娘说，她非常生气，可是看信，又像是订下了约会。

当天晚上，张生站在花丛中，苦苦等候，她真的来了，一脸怒容：

"你这是什么意思？我们受了你的救命之恩，不错，但你这样托不懂事的丫鬟来寄这种诗，又算什么？我们都成年了，难道你不能为我的名誉着想吗？"

"我是不对，很冒犯你，"张生也感到自尊心受打击，"但是，你寄给我的诗也……也……"

"不错，我寄给你的诗也不守礼防。可是，这是我唯一的办法了，我如果把你的诗交给母亲，怕事情闹得更僵。我如果叫红娘来说，又怕她传话不清楚。回封这样的信我知道你一定会来。来了，我就可以把话说清楚。我自己这样做也很惭愧，不过，反正这是最后一次了，以后，我们还是做个循规蹈矩的人吧！"

哈哈，好个"循规蹈矩"，为谁而"循规蹈矩"？为郑恒那小子吗？他颠颠着步履走回去，只觉全身冰凉，太累了，太累了，爱情是一场太精致、太复杂、太反复无常的游戏，太累了，太累了，让我躺下吧！不用再起来了，不该到蒲州来的，不该住进普救寺的，不该日日夜夜想着那一张脸的，不该痴心如狂的，错了，错了，彻头彻尾地错了……

夫人来送药，高贵的老夫人啊，何必多此一举呢？延长生命无非是延长痛苦，失去了莺莺，这个世界还有什么值得活下去的理由？

他想到悬梁自尽，他在平静中把带子搭上梁木，结好套头，并且跳了进去。忽然，红娘折回来，大叫一声，扑上去，把他抱了下来——不幸的人竟连死的权利也没有吗？

"你为什么这样想不开啊，其实莺莺对你也很有意啊，可是，她总是一个小姐嘛，她这两天一想到你的病也都忍不住哭哩！……"

"请她今晚来，好吗？"他像小孩子一样任性地哭了起来，"我要看见她，我一定要看看她，她今晚不来，我们只有地下相见了！"

莺莺终于来了。

她是羞涩的，他知道她经过怎样的挣扎，才走进这房子。他知道她背弃老夫人偷跑出来无异于撕裂一个熟悉的自己，他知道她此刻正努力丢掉崔相国家中知书达礼的小姐尊严，仅仅以一个女人的身份前来——一个爱人的也被爱的女人。

他把这受苦的颤动的肉体紧抱在自己怀里，他搜索她的唇，她馥馥的香气⋯⋯

露水滴落在牡丹微绽的蓓蕾里，天渐渐亮了。

是真的吗？或者是梦，张生翻过身来，莺莺已不在，只有一颗颗莹莹然的泪，滚落在席面上。

半年了，莺莺变了，变得佻达明艳，老夫人终于动了疑。

好在红娘很聪明，把利害关系一说，夫人也同意这是一场只宜遮盖而不宜张扬的麻烦。

张生又听红娘的话，临时向法聪借了钱，送给老夫人作聘金。虽然夫人一再拒绝，张生却唯恐礼数不到，事情将来会生变化。夫人仍保持她一贯的精明，收了聘礼，她立刻要张生进京赶考。

青山四合，抱紧了一座浦州城，是秋天了，满川红叶，全是离人眼中的血泪凝成的吧？

第二年春天，张生在京中考取了第三名探花郎。

才子佳人，理所当然地结了婚——不过，根据爱情的原则，好事总是多磨的。所以，有一个说法是张生经过长期的绷紧，此刻一松，忽然病倒，这一病病了半年，音信全无，郑恒乘机来骗人，说张生已经另娶了。老夫人拗不过自家侄儿的面子，竟又答应把莺莺给他。幸好张生及时回来，两人半夜私奔，赶到新升了太守的老朋友杜确将军那里去，才在故人的祝福下完了婚。

不管过程如何，总之他们是如愿以偿地结了婚。

在唐代原始的小说故事里，两个人后来分了手，各自男婚女嫁了。可是，在金代、元代面对观众的舞台上，有谁忍心拆散一段璧人的姻缘呢？如果你不喜欢这庸俗的团圆情节，那么，请原谅他们的庸俗吧！——毕竟这是一个温暖的庸俗的世界啊！

牡丹亭

明·汤显祖

作者汤显祖，字义仍，号若士，临川人，明万历进士，尝被贬谪广东（这或许和本剧中柳梦梅秀才为岭南人有关），后迁为浙江遂昌知县，不得意，退居乡里，作剧自娱。作传奇五种，其中《紫箫记》经修改成《紫钗记》，加上《还魂记》（即《牡丹亭》）、《邯郸记》、《南柯记》合称《临川四梦》（也称《玉茗四梦》），内容或述爱情或近道家，都与"梦"有关。

汤显祖在当时的曲坛上被视为"崇辞派"，和沈璟的"格律派"相对（沈璟之代表作为《浣纱记》），《牡丹亭》一出，文字华丽，故事深情，唱腔柔靡，无论文人、优伶，还是读者、观众，都几为疯狂。

"这真是怪事，"趁老师转过身去，春香偷偷扯了小姐一把，"老爷太太不知想些什么，明明是春天了，满园子花开鸟叫的，偏偏叫我们关在这里跟个老头子念'关关雎鸠'，鸟叫不是给人念的呀！鸟叫应该自己到林园里去听才对啊！"

"不要吵！"陈老师生气地瞪了春香一眼，"今天先上到这里，春香你要学规矩点，不要把小姐带坏了！"

春香吐着舌头，笑眯眯地看那老学究走开。

"你知道这陈最良的外号是什么吗？哈，我知道，叫陈绝粮，一个穷酸老头，哈！"

"不要这样没规没矩。"丽娘轻声说，"去把砚台、毛笔洗干净。"

"好了，"又过了一会儿，丽娘悄悄凑过来，"现在老师走远了，你告诉我，你刚才究竟溜到哪里去玩了？"

"去上厕所啊！"

"你骗陈老师可以，你少在我面前装神作鬼，你究竟跑到哪里去了？"

"干吗告诉你？你不是一心一意要做知书达礼的大小姐吗？你去规规矩矩好了，你去诗云子曰好了，跟我跑，小心我带坏你。"

"好啦，"丽娘笑了，"小鬼头气性也别太大，到底是个什么样的地方，说出来我们一起去玩儿！"

"嘿，这倒怪了，宅子是你们家的，你自己大门不出，二门不迈，连自家花园在哪里都搞不清，算了，算了，说也说不明白，明天老爷出去乡下劝农（注：古时官员至春天依惯例须至乡下劝导农民勤奋耕作），老爷一走，我看，那陈最良也未必爱上课，明天我带你去看看那园子。嘿，那里花开鸟叫，比这本什么《诗经》上的东西好玩多啦！"

众花神在花园里忙碌着，每到春天，他们都要负责把百花开到最盛、最满、最香、最艳的程度，一丝也怠慢不得。

"今天杜小姐要来赏花！"有一位花神兴奋地说。

"就是将来要和岭南柳梦梅成婚的那一位吗？"

"是呀！我倒有个好主意，待会儿她来了，我们让她困倦沉睡，然后我们去把岭南柳梦梅的魂也悄悄带来这里，他们就可以早点认识啦！"

"真是妙，姻缘的事真难说，一个是杜甫的后代，一个是柳宗元的后代，一个是西蜀人，一个是岭南人，却有一天会在这江西成就姻缘，啧！啧！……"

众花神都兴奋起来，那一天，花也开得特别动人。

杜丽娘站在苍苔碧馆中，只见一片炫目的花海，桃花、李花、栀子、芍药……

奇怪，这园子不知盖了多久了，看样子很荒凉，没有什么人来走动，为什么自己一直不知道太守官邸有这样一座花园，如果不是春香，这一春的花就白开了。

而人生，有几个春天呢？

在一块玲珑的太湖石畔，丽娘坐下，微醺的阳光轻洒，她感到一阵奇异的困倦，春香正在跳来跳去地捕一只黄翼的蝴蝶，她怔怔地望着一行翠柳出神，那柳树极大极粗却极柔极温存……恍惚间，柳树变成了一个年轻男子的形象，她迷惑起来，不知身在何处……

"我寻你很久很久了，原来你在这里。"

"我，我不知道你是谁……"

"你，你难道不觉得我们似曾相识吗？跟我来吧！"

在花深柳密之中，在天幕地席之间，在万里骀荡的春风里，他轻轻地拥住她。

她忽然第一次惊觉到自己的肉体，她从来没有发现自己有一副芳香、柔和的肉体，而现在，她清晰地感到了，在别人的膀臂中，她第一次意识到自己的存在。

一片红花瓣柔和地飘下，打在她的睫毛上，她醒了。春香还没有捕到那只翩翩的蝴蝶，刚才，也许只是片刻小盹，可是，不知为什么好像已经走了亿亿万万年的历程了，她急急地站起来，感到脸红心怯，那人的脸是如此分明，他手中的柳枝是如此苍翠欲滴。

她病了，为梦中一现的陌生人。

老夫人又喂药又问卜，急得不知如何是好。她自己也忧急起来，但她急的是自己逐日消瘦的容颜。

"我要为自己画一幅像。"她嘱咐春香预备颜料。

她画了她所熟悉的自己，然后，她画了那个园子，那春花烂漫、灿如火发的地方，那垂柳千重有如帘幕的地方……世上，究竟有没有那一个男子呢？如果有，当他看到这幅画的时候，他会不会想起梦中的花园呢？她悲哀地搁下画笔。

深秋了，丽娘终告不治，她要求父母把自己葬在花园的梅花树下——她在梦里初遇那个人的地方。她要春香把画像放在匣子里，密藏在太湖石的洞穴中。杜府由于杜老爷调职，举家迁走，坟墓和花园就交给一位年老的石道姑去看守。而丽娘自己，在身不由己的情形下，一魂悠悠，来到了阴府。

判官是新上任的，他问了丽娘的死因，非常惊讶，他又把花神也调来做证，才发现真有此事，再查查丽娘平日也是守贞女子，只是梦中行为比较逾矩，而她的父亲杜太守又是一个难得的清官，应该从宽处置她。最后，判官又去查断肠簿的档案，更吓了一跳，因为她的资料上注明要嫁给柳梦梅，而柳梦梅是下一届的新科状元，怎么可以使下一届的状元无妻？他决定放她回去，命运注定他们要在红梅观重逢，他不能违拗。

"现在，你的魂灵回去耐心等待吧！至于你的肉体，我会嘱咐花神仔细呵护，至于你什么时候才能灵肉合一而复生呢？你且不要多问，因为这是天机，不可泄露的！"

命运牵引着贫穷的书生柳梦梅，他背着一个小包袱，握着一把雨伞，从岭南出发，要到中原去寻求功名。一过梅岭，南国温和的阳光便倏地消失了，茫茫雨雪，似乎看准了这个落拓的书生而一径来欺负他。

走着，走着，他的双腿越来越麻木，握伞的手也越来越发抖，忽然，脚下一滑，他跌在一座积满了冰雪的小桥上。

"救命啊！"

风雪中哪有行人？好在过了一会儿，一片昏蒙中居然出现一个老头的影子。这人原来是陈最良，自从杜丽娘死后他就失了业，在饥寒交迫中，他只好跑出来试试运气。

"你是谁？"

"我是岭南的一个书生。"

他走近一看，这人虽然衣服敝旧一脸病容，但眉目之间有一种说不出的儒雅俊秀，的确是个读书人。

"来取功名的吗？"他的心软了，"年轻人啊，功名不是那么容易的，我挣到如今什么也没得着啊！"

"我自信可以拼一拼！"柳梦梅咬着牙，眼中闪过千束光芒。

陈最良把他扶起来，一步步挨着往前走，去哪里好呢？好吧，就把他送到杜小姐的墓园去吧，石道姑一向把环境整理得很好，那地方现在叫"红梅观"了。

"杜小姐不该那么早死的。"陈最良有点搞不清自己是在悼惜那女孩的青春早逝，还是自己的失业。

就养病而言，红梅观也算是一个好所在了，小桥流水，曲径通幽，虽然略显荒凉，但春天猝然间一出现，整个园子呈现出一种说不出的热闹。柳梦梅的风寒其实已经好了七八分，但偶然惊见陌生的春天，想起父母双亡孑然一身的孤单，想起功名和爱情一片空白，他不禁怅然若失。

而春天仍然漫不知愁地盛放着。

"咦，这是什么东西？"

有一天，他在园子里寻幽探胜的时候，忽然发现一个精致的檀木匣子，他忍不住想打开看看。

夕阳穿过密柳，投来一片神秘恍惚的金光。

"啊，原来是幅观音像，画得真柔和。"他高兴地藏起来，"我拿回去挂起来吧！"

第二天，迎着朝阳，他把那幅画找出来再端详一番。咦，不对，不太像观音，观音是赤着一双大脚的，这女子却有一双小小的金莲。而且，一般观音像是有朵朵祥云为烘托的，而这个女子却显然站在一座美丽的园子中间。那么，会不会是嫦娥？不，也不对。嫦娥身边照例会有一棵桂树，但这女子身旁的却是梅树和柳树。这柳和梅又是什么意思呢？这里面又有什么玄机呢？忽然，他的一颗心急速地跳动起来，是不是和我有点关系？我的名字里是既有柳也有梅的，可是，这美人是谁？这是画工画的，还是那女子自己手描的自画像？她还活着吗？她在不在附近？她知不知道我在看她？……

忽然，他从题字里发现，那是画中女子的自绘像。她为什么要自绘这幅像呢？

他虔诚地把画挂起来，虽经证明不是观音像，他仍然有崇拜她的心情。奇怪，他甚至发现自己爱上这画中的女子了，完整饱满的美其本身就是一种接近宗教的东西，是使人激动、使人深沉，也使人想要顶礼膜拜的东西。

石道姑是一个尽责的守墓人，她自己历经了婚姻的沧桑而不再留恋尘世了，有这样一座清净的梅花观，她很满足。

小姐的灵位前供着芳香的梅花，石道姑的一双手总是不离拂尘，她总是把一切弄得极干净。

"这瓶，"她喃喃自语，"多么像空虚混沌的大千世界，这枝梅花，多像你，你这个傻女孩，明明是剪断了，没有根了，却兀自在这世上绽放这一霎的芬芳。"

是吗？一霎的芬芳？杜丽娘的魂灵无依地漂泊着，听石道姑唠唠叨叨地和她说话，她感到甜蜜和辛酸。那年春天，她曾为一个梦中的男子断肠。但此刻，她又想起父亲、母亲以及淘气的小春香，幽冥异路，什么时候我才能复生呢？有一天，他会出现，他会给我复苏的生命，可是，他在哪里？

做一枝梅花就是一个女子的命运吗？在一剪之下离了根，插在一个固定的瓶子里，接受一点点的清水，为 个人而芬芳，而凋谢，也许是很无奈、很必然的路，但奇怪的是，那人的面容却至今那样清晰，那样不可抗拒，他是谁呢？我在等待的是怎样的一位？抑或我等待的只是我的等待呢？

柳梦梅在灯下看书。

画在墙上，风在窗外，花香从帘幕遮不断的地方透进屋子。

忽然，他听到轻轻的叩门声，声音那样小，似乎那人有些犹疑心怯似的，许是石道姑派人送茶来了吧！

他开了门，灯下只见一个年轻艳装的女子很拘谨地站在那里，深更夜半，她有事吗？她是附近谁家的女子呢？什么时候见过她吗？为什么她看起来那么眼熟？

"你是谁家的女儿？"

"我……我孤单一个人。"

"进来坐坐吧！"

"天亮以前我一定得回去。"

这是他第一次面对一个真真实实的女人，他忍不住有些慌乱。

"如果你愿意，我可以天天来陪你读书。"

红巾翠袖，添香伴读，这不是他一向的梦想吗？

"你，你是仙女吗？"他觉得自己笨头笨脑，一句话也说不好。

"不是！"她轻轻一笑，他立刻感到一份不可逼视的灿然。

他试着握住她的手，她没有缩回，她的手微凉而轻颤，像犹寒的春风。但她的气息是春花，和暖芳香，中人如酒。

石道姑带着小道姑，站在门口，果真不错，大家传说的是真的，这书生房里有女人，此刻，她们自己亲耳听见了。

"秀才，开门！"

"糟糕，怎么办？"借住在人家的道观里，房里却有女子，柳梦梅自己也觉得说不过去。

"不要紧，你只管开门。"

门开了，石道姑的眼睛像两道青电。

"我们听到有女人的声息，她在哪里？"

柳梦梅的手心偷渗着汗，奇怪的是，一眨眼之间，像变魔术似的，她竟不见了。

"没有女人，"小道姑回话，"我只看到墙上有一幅美人图。"

"我们这样不是办法。"第二天夜晚，她仍然来了，她的侧影映着灯光，有一份落寞和悲伤。

"怎么办呢？我看你还是嫁我，做我的人吧！"

"我不是'人'。"

"什么？"

"我还是鬼，还没有成人。"

"不，不可能，你是人！你是人！不要来骗我。"

"你不要激动，你听我说，我是南安府杜太守的千金，我和你是上天注定的姻缘。是我太痴心，我为了思念梦中曾经一见的你而死了，我在病中留下自己的容颜，这幅画注定会到你手上，因为你对着画像的一念真诚，我便来了。可是，你真想娶我，就必须到太湖石旁，梅花树下把我发掘出来，然后我才能灵肉合一，成为你的妻子。"

"真有这种事？"

他想起来了，她真的就是画上的美人，而前夜石道姑来访查的时候，她一闪而逝，立刻回到了画上。

他再抬头看，她已消失了，而画上的女子却朱唇微启，眼波欲动。

是她吗？他茫然了，也许明天早上还是老老实实告诉石道姑比较好，墓园一向是由她照顾的。

"这杜小姐是谁啊？"柳梦梅极力装得自然，"她的墓园真清雅啊！"

"唉，说起这杜小姐真叫人伤心，她的父亲就是前任的太守杜宝。老先生、老太太和小姐，个个都是善心的好人，不知怎么弄出这个结果。小姐又聪明又漂亮，我活到这把年纪没见过哪个女孩比得上她的，可惜啦！唉，她一死，她父亲就调走了，这地方一向由我打扫，小姐生前爱干净、爱花，她死了，我也照她心愿做……"

"年轻轻的怎么会死的？"

"唉，都是那陈绝粮不好，教了她几句《诗经》，弄得她一颗心飘摇不定的，后来丫头春香又把她带到这园子来玩，说来也是奇事，她居然梦到一个秀才，弄得茶不思饭不想，活活给勾了魂，赔了一条小命，年轻人啊，清心寡欲才是正途……"

"她梦见的就是我啊！"柳梦梅失口叫了起来。

石道姑一双眼睁得又圆又大，她想不通——她怎么可能想得通呢？一念之诚可以无视山遥水远，一念之诚可以让枯骨复生。他终于把事情从拾到那幅美人图开始说起，一直说到小姐叮咛他要开棺掘墓。

"你真是见了鬼了，你不怕被鬼祟住吗？"

"不，不管是不是鬼，她是我的妻，我们已经私下盟誓了。"

"唉，真是天生一对，我道小姐是个痴的，没想到你也是个疯的。好吧，我帮你个忙，明天一起掘坟。我这真是舍命陪君子了，你要知道，大明朝的法律，盗人坟墓是要杀头的哩！"

第二天一大早，他们就开始动手挖坟。三年前，她在这棵梅树下遇见他。而此刻，他真的来了，从岭南穿山越岭而来，他终于来赴这场约会了。

棺盖打开，杜丽娘栩栩如生，连面色都保持着红润。

轻轻地，他托着她的头，把她扶起。她的眼睫深垂，一如三年前她在梅下盹着的那一次。一瓣落花飘下，她惊奇地张开眼，气管里有着轻微的气息，柳梦梅拍拍她的背，她吐出了一块银子，那原是安葬时灌在口中的水银，经过三年，已经含成银块了。

柳梦梅一点不觉得惊讶，事情本来就该如此的。她既然如此说了，她当然是不会骗人的。

"我的妻，你是我的妻！"他颠来倒去喃喃着、兴奋着，恨不得去告诉全世界，有一个女子，为他而死，为他而生。

"不，我不是你的妻，至少现在还不是。"

她虽然刚从坟墓里走出来，但她的口气决绝，一副凛然不可侵犯的样子，他几乎不认识这女子了，她以前是那样艳冶不拘的啊！

"那么，那些肌肤之亲呢？"

"不，话不能那么说，我们曾在梦中相遇，曾在魂里相接，但现在我已恢复人身了，我要做人了，要做人，就要守人的礼法，人的规矩。我一定要等父母来主持婚姻。"

柳梦梅无话可说。这女子的确有她自己的见解。而要去见丽娘的父母，"功名"是一定要有的，那又牵涉到考试，"情"和"婚姻"是不太一样的啊！

考试的事不太顺利，寻找杜大人也很不容易。他因自谓是杜大人的准女婿而被当作骗子挨了一顿打，好在满街在喊着寻找"新科状元柳梦梅"的声音把他救了下来，他终于澄清了误会而跟小姐结了婚。

杜家本身也遭遇了一番变化，杜宝招降有功，升了大官。不幸的是消息误传，他以为老夫人和春香（她已被认作义女）都被敌人杀了，没想到战争一停，她们居然活着出现。世事如此乍悲乍喜疑幻疑真，所以一旦看到复生的丽娘，他居然也可以勉强相信了。

什么是真？什么是假？什么是生？什么是死？什么是醒？什么是梦？生为凡人的我们何必去苦苦探究呢？岁岁年年，牡丹园中众花神大事铺张地布下花天花海，而我们呢？我们是偶行其间打个小盹的过客，在清醒与梦寐中，我们别无所有，有的只是一个凡人仅能怀抱的晶莹玉润的一点深情。

第七章

包公剧

陈州粜米

元·佚名

一般认为作者已佚名，唯《录鬼簿》上有陆登善《开仓粜米》一剧，也有人怀疑即此剧作者。

此剧为包公剧中最重视包公个人内心冲突的一本。

"包爷爷，"一个乡下小子蓦地从墙角蹿出来，跪在马前，他看来还是个小小的孩子，一张脸上却有说不尽的凄苦委屈，"小人的父亲死得冤枉，父亲临死拼着最后一口气，交代小人说：'到京师去找包待制爷爷，才能还我一个公道。'……"

唉！又是一个案子。刚从外地公差回来，还没有坐进公堂，半路上已经又碰见申冤的人，这世界，为什么有这么多冤情呢？

就在一眨眼之前，他还在想着今后何去何从的问题，每天清晨五时就要忙起，一直要忙到晚上六点，薪水又那么少，连人情都不够。别人都理直气壮地收贿赂，对他这不收贿赂的不免要怀疑排挤。而且，清正廉明的名声一传出来，凡是棘手的大案子全往他这里送来了，这些年几乎把权豪势要之家全得罪光了。

其实，何必呢？又不是为自己，干吗为了主持正义去开罪别人呢？别人做官不是做得八面玲珑吗？人已经快八十岁了，还是少惹气吧，要是能退休就退休，不能退休呢，那就学学别人"事不干己休开口，会尽人间只点头"的那份修养吧！

可是，就这么巧，这年轻人拦在路上又推给他一件新的冤情，那卑屈受苦的脸使他不觉心痛起来，他叹了一口气：

"唉，你说吧，我为你做主。"

"陈州一旱三年，大家都饿得人吃人了，"他自己看来也干瘪龟裂，有如久经烤炙的土地，"听说官府放粮，人人顶着大太阳去买。我们原来听的价钱是五两银子一石白米，没想到仓官居然说十两一石，这还不说，他们拿加三大秤量银子，却用八升小斗量米，量的时候还要打个鸡窝（注：指量粮食时使容器中有空隙以减少分量之手法），等回家一看，里面又是泥又是沙又是糠皮，一般百姓敢怒不敢言，只好怨命。可怜我父亲一向脾气耿直，人家都叫他张憋古，他看到带来买粮食的十二两银子被称成八两了，气得说了两句，没想到京里来的仓官拿着个紫金锤劈面一打，父亲便头破血流死了。那两个人居然还说：'这穷老头讨厌，我看他像眼中钉，肉中刺，我打死他等于捏个烂柿子一般，这种人的命能值什么？'小人咽不下这口气，拼着身家性命不要，非要讨个公道不可！"

包公听着，两拳不觉越捏越紧，张憋古凄惨的死况如在眼前。

"你去吧，我会为你做主！"

唉，怎么回事？刚才不是想好不要再去跟大官结仇吗？可是一听到枉死的案情，不由得气血翻涌，一口答应下来。不管他了，得罪人就得罪人吧！

议事厅里，群臣正在讨论，包待制走了进来。

"待制回来了？"

"刚回来！"他心里着急，"听说派去陈州的仓官有问题？"

"我们也正在讨论这事，"有人告诉他，"可能再派个人去查看前两个。"

"那两个是刘衙内的儿子和女婿。"旁边另一个人补充。

"大概是一场误会，"刘衙内赔着笑脸，"小犬和小婿都是清廉公正的人。"

包待制暗暗叫苦，这刘衙内是个出名的恶霸。

"这样吧，我们一时也找不出合适的人，既然包待制回来了，就烦你去走一遭吧！"

"不，不要叫我去。我最近太累了。"

"那，就请刘衙内去一趟如何！"

"好的！"

"算了，还是我去，"一听刘衙内打算自己去调查案情，包待制气得发昏，"张千，备马，我这就去陈州！"

唉，有什么办法，有些人注定要劳碌命的，除非闭了眼睛伸了腿，否则怎能冷眼看天下不幸事？

"老待制到了陈州，"刘衙内凑上来巴结，"看我的面子，多多照顾我那两个小后生。"

"我不懂什么叫多多照顾，"包待制把头一扭，盯着皇帝所赐的金牌势剑，"我只知道多看看这个。"

"呸，你当我真怕你，你有皇帝赐的先斩后奏的剑就神了？你真敢杀我两个小的，就凭我这份官职、这份家财，将来有你受的！"

"我比不过你！"头也不回，包公径自上马而去。

"哎呀，各位，大家要替在下想个办法啊，这包公是个不通人情的土老头，我那两个孩子要死在他手里啦。"

"这样好了，我陪你到皇帝那里讨一纸赦命书，事不宜迟，快走吧！"

世上的事就有这样可笑，包待制已经风尘仆仆上了路，而刚才极力鼓励他去的大员此刻却如此圆滑地去陪刘衙内到皇帝面前讨赦命书。

"唉，别人看我服侍着包大人，还以为我不知怎么受用呢，"张千一面赶路，一面忍不住自言自语地抱怨，"你做清官，不要钱倒也罢了，这一路上州府县道大鱼大肉的酒席你总可以吃一点吧？这不通人情的老头竟不肯接受招待，只闷着头去喝他那一天三顿稀粥。你老了，喝点稀粥熬得住，我年轻轻的，每天牵着马走，走不了几步，那几口稀粥早都不知到哪里去了！偏偏又今天东来明天西，唉，清官虽然好，可就苦了底下人了。"

"张千！"

"小人在。"他猛地恢复了正常。

"快到陈州了，你拿着金牌势剑骑着马先走，记住，别仗势欺人，别索酒索食，让我知道你擅自作威作福我不饶你。还有，我现在要调查一下这件事，我自有主意，你要是看到有人打我骂我，千万别来救我，听懂没有？千万要记牢哦！"

张千高高兴兴地骑马走了，包待制一步一挨，慢慢走着，像个乡下土老。

"喂，老头，你来扶我一把！"

包待制一抬头，看到原来是个脸上涂得红一块白一块的妇人，旁边还有头小毛驴，想是给那驴蹶下地来的。他走上前去把这妇人扶了起来。

"老头你帮我牵着这驴吧！"

"好！"包待制当真为她牵驴，"小姐住在庄上吗？"

"嘻嘻，"女人笑了，心里想这一带的人谁不知道我是倚门卖笑的王粉莲，这老头真是个乡巴佬，"对啦，我就住'狗腿弯'，我叫王粉莲。"

其实，包待制眼尖，怎会看不出她是什么货色？

"老头，你呢。"

"我无儿无女，孤老头一个，到处讨点饭吃。"

"可怜的老头，你到我家来，我给你饭吃，有酒有肉哩！我还给你做一套新衣新鞋新帽子，把你打扮得体体面面的，你给我坐在门口招徕客人，事情蛮轻松的。"

"那太好啦，小姐，你先把你来往的客人说给我听听。"

"客人什么样的都有，有公子哥儿、商人、旅客，不过这些都不管他，最近我只一心对付两个京里的仓官，听说他老子权力可大呢！他卖着十两一石的好价钱，再加上加三大秤，八升小斗，赚得可多哩，不过我没要他那些钱钞。"

"咦，为什么不要？"

"我只留他那个紫金锤在家里。"

"乖乖，紫金锤又是什么东西呀？"

"哼，这东西可稀罕呢，是朝廷里面的东西，听说可以随他拿去打死人呢，我回去找出来让你开开眼界！过两天他如果再不给我银子，我就拿这紫金锤去打成金钗戒指来戴。"

"哟，我要是见了这紫金锤，也不算白活了这把年纪了！"老头喜滋滋地说，心里却气得翻腾，"这批该死的贼徒，紫金锤是朝廷权力的代表，原来是怕饥民生乱，不得已带着的，又不是家里的切菜刀，哪能随便用来切肉，更荒唐的是居然把它搞到王粉头家里来了！"（注：当时俗称妓女为粉头。）

走着，走着，陈州到了，刘衙内的儿子小衙内和女婿杨金吾带着斗子（注：斗子即管粮食的差役）正坐在路边的一所接官厅里，摆上酒席等着接京中来的包大人，没想到包大人一直不到，反而接了王粉头。

"你们这些死家伙，"王粉头嗲声嗲气撒娇，"要我来，又不

来接我，害得我从驴上跌下来，差点儿没跌死，还好碰见个老头
——呀，差点儿忘了，我答应给那老头一顿好酒肉的，你快赏他一
份吧。"

斗子果真拿了大碗酒大块肉给老头。

老头接过来，自己不吃，反而把酒和肉都喂了驴，嘴里还骂
着："你去告诉那仓官，这种脏酒脏肉我不吃，吃了会脏坏我的名
声。"

斗子的眼睁得铜铃大，气冲冲地去告小衙内。

"我现在没有空，"小衙内也气了，"你先把他吊在槐树上，
等我接了老包，再来慢慢地打他！"

吊在树上当然不太舒服，不过这些日子来千里奔波，人不是
在马上就是在厅堂上，这一下，倒不错，至少心定神闲，还可以
安安静静居高临下看看他们在搞什么勾当。

"哎，这包大人也是，叫我去找小衙内和杨金吾，我可上哪
儿去找？"来人是张千，"咦，这地方倒像个接官厅的模样，嘿，
嘿，原来那不知死活的两个家伙还在喝酒呢！这下好了，老头不
在，我诈他一点酒肉来吃也是好的！"

"你们不要命的东西，"张千得意扬扬地大喝一声，"包爷爷
要来取你们的头了，你们还喝酒呢！"

"小哥，求求你，救我们一救，我摆酒请你。"

"对呀，你这才叫求对人啦，我告诉你，包待制是'坐着的
包待制'，我张千呢，就是'站着的包待制'，有事求我准没错。"

唉，人真是一种权力动物，一向毕恭毕敬的小张千，才离开一个时辰，也立刻换上这副作威作福的嘴脸。

"放心，包在我身上，"张千大剌剌地拍着胸脯，举起酒来，往门外泥地上一泼，"我要不伸手救你们，我就跟这酒一样！"

一阵风吹来，把他的醉意吹少了几分，抬头一看，天哪，他差点儿昏倒，怎么这包老爷的一双眼竟有本事无微不察地在每个地方出现，刚才说的那番大话不知是不是全被他听了去，这老儿也作怪，放着好好的酒席不享用，不知怎么神通，居然吊到树上去了。

"哼，你两个贪官污吏，仗势欺人的东西，包老爷从东门进来了，还不快去接！"这句话说得很大声、很凶恶，是特意说给包待制听的。

那两个家伙虽然想不通他为什么前后口气截然不同，却也来不及细问，匆匆忙忙就跑向东门去了。

张千慌忙去解包待制的绳子。

王粉头一个人坐着无趣，想想包公要来，自己在这里也不方便，就上驴回家，包待制低声下气服侍她上了驴，把张千看得目瞪口呆。

"老头，记得来见识见识紫金锤哦！"她笑嘻嘻地叮咛着。

大厅里，包待制不怒而威的声音回荡着：

"我问你，钦定的米是多少银子一石？"

"父亲说，"小衙内处处抬出刘衙内的名字，"是十两一石。"

"胡说，你骗别人犹可，我刚从朝廷来，明明是五两一石。还有，你用加三大秤诈人家的银子，却用八升小斗克扣别人的米粮，证据都在，你还有什么可抵赖的。朝廷救灾民的美意全被你们弄成肥自己的手段！"

"王粉莲押到，紫金锤也带到！"

"王粉莲！紫金锤是谁给你的？"

"杨金吾。"

"杨金吾，你知道这锤上的记号是什么？"

"这是御书图号。"

"大胆，你既知道，怎么可以随便拿紫金锤锤打良民，又随便让它流入娼妓手里？来人，把这种亵渎官箴的恶棍推出去斩了！"

杨金吾立刻被带去杀了头，满街上的百姓欢声雷动。

"小憨古带到！"

"是谁打死了你的父亲？"

"是那姓刘的小衙内！"

"好，紫金锤给你，自己动手打死他好了。"

小憨古流着泪，咬着牙猛力一击，那害人的恶人终于也溅出自己的血，死了！

唉，两个坏蛋是解决了，可是，为什么当时那圆滑的满朝文武竟没有一个敢说话？明知弄出这个贼徒会苦了百姓，大家却乐得不说话。现在，人是杀了，却弄得满朝权贵都是自己的仇人。唉，包待制啊，包待制啊，凭你有通天本事，也斩不尽那批是非不明的"好人"所埋下的祸根啊！

正在这时候，刘衙内匆匆忙忙赶到了，这人仗着官势，加上周围的乡愿，居然弄到了皇帝的赦书。

"赦书在此！"他扬手高声叫道。

"书上怎么说？"包待制不慌不忙地反问。

"赦活的，不赦死的。"

"张千，去看看，死的是谁？"

"是杨金吾和小衙内。"

"活的是谁？"

"是小憨古。"

"好，那就赦小憨古吧！"

"什么？"刘衙内哇哇大叫，"人已经死了？我一番心血倒来赦小憨古？"

"这是官厅，不可胡闹，张千，过来，连他也拿下，当初是他保举这两个'清忠廉干'的官，他曾经具文保证如有差错，甘愿坐罪，现在，把他先押起来。"

走下审判者的高阶，他觉得好累好累，人世间到底有多少不平事？

小憨古跪在地上叩谢，悲苦的脸上虽仍有泪痕，但他看得明白，那冤屈不平之气却已消失了。

"不要谢了，回去好好祭告你爹，"他的声音不觉低下来、柔下来，"替我跟你爹说一声，那小衙内说得不对，人的命不是'烂柿子',不能随便让人捏坏。你爹说得对，人哪怕剩最后一口气，还是想讨回个公道的。"

满耳秋风中，那老人顶着一头稀疏的白发，兀自上了马，在夹道的欢呼声中，寂寞地走了。

第八章

以"强女子"为主角的剧

墙头马上

元·白朴

作者为白朴，见前《梧桐雨》，此剧在明初有无名氏援而增益情节，再撰传奇本的《墙头马上》。

"嗯，我们少俊哪，"裴老尚书一提起儿子就眉飞色舞，忘了自己已经把这话重复说了许多遍了，"三岁能言，五岁识字，七岁草字如云，十岁随口吟诗，我说夫人，你就放心，这次皇帝要我整顿西御园，我这把年纪，跑到洛阳去买奇花异草，精神哪里够用？只好奏请皇帝，让少俊代我去了。"

"去磨炼磨炼也好，"老夫人的表情很复杂，"只是，他二十岁了，还没娶亲，又是他第一次出门……"

"你放心了，少俊品性很好，向来不亲女色，仆人张千也是个老成人，这件事万无一失……"

春天，三月，少俊带着张千到了洛阳城，自己既是一个漂亮儒雅的人物，所负的也是一项美丽的使命——买花，这趟旅行，真可以说是称心快意了。

三月八日，洛阳习俗，这一天大家都去游春，一片花团锦簇，人花争艳。少俊一座一座名园去观赏，留意看哪一家的花最好，反正皇家买东西是只问质量，不问价钱的。

忽然，他惊讶地站住脚，在一个私人花园的矮墙上露出一个女孩的脸，神采夺目，比花木动人多了。

那女孩显然也看到他了。两个人都不说话只呆呆地互看了一会儿。

"小姐，"梅香丫头暗暗扯她的衣裳，"你盯着人家看什么，人家不见得中意你啊！"

"少爷，少爷，"那边的仆人张千也在着急，"别惹事，咱们是来看花的。"

少俊被拖拉着走远了。

"张千，你把这封信给我传去，"裴少俊心有不甘，"你别笑，那小姐一看就是一副识字的样子，你传去就是了。"

"我这样冒冒失失地跑去，给人家识破，会挨打的呀！"

"傻瓜，你如果碰见别人，就说是想买花的，如果看到小姐本人，就说是送信的。小姐反应好，你就招手，小姐生气，你就摆手。"

"好吧。"张千也给他说得有点兴头了。

"小姐，你来看，"梅香叫起来，"有个人拿张纸条说要给你，不知写些什么呢！"

张千察言观色觉得属于"反应良好"，便远远地招了招手，裴少俊高兴极了。小姐匆匆跑出来一看，原来是一首小诗，她当即也回了一首，一方面订下当晚的后花园之约，一方面也署了个"千金"，让对方知道自己的名字。梅香很觉兴奋地送了过去。

千金的父亲是李世杰，也是一位朝官，他最近出差去了。千金的母亲当天去走亲戚，晚上回来有些累，便先去睡了，偌大的房子只剩一个老用人没睡。

夜色越来越深了。

"梅香，你出去看看嘛！"千金忍不住有点着急。

"张千，"矮墙外的裴少俊也正紧张，"别出声，我现在跳墙进去，你等着我回来。"

梅香把少俊带到小姐的绣房里，薄凉的春夜，他们羞怯地依偎在一起，说些相见恨晚的傻话。

"奇怪，这么晚了小姐房里怎么叽叽咕咕的还有声音？"忠心勤快的老用人像个夜猫子在家里东巡西巡，终于发觉有异。

"小姐啊！"把风的梅香急忙来通知，"快熄灯，别说话，老奶奶来了。"

"哼，晚啦，"老用人生了气，"我早站在这窗外半天了。真能干啊，好好的大小姐，居然敢养起汉子来了，这年头啊……"

"老奶奶，"千金吓得哭起来，现在，她想起一切道德、宗教和箴言来了，"我没有脸在这个家里待下去了，你放我们两个人，让我们私奔了吧！我一辈子感激你。"

裴少俊也急得跟小姐一起跪了下来。

"这男人是谁？"

"我是一个路过的书生。"被人当贼一样抓住了，裴少俊不敢说出自己是裴尚书的儿子。

"亏你看上这种穷酸书生，"老用人脸色铁青，"他把我们看成哪种人家了？我们把他告到官府里去！"

"不要逼我，"千金拿起一把刀，"你逼我，我就死，到时候母亲也不饶你。"

老用人犹疑了。

"好吧，我教你两个办法，"她终于让步了，"第一，叫这书生快去求功名，有了功名，回来娶你，没有，你就另嫁别人。第二，我放你们两个私奔，等这书生得了官，一起回来认亲——料你父母到时候也没什么饶不过的。"

"我，我现在就走吧——可是，母亲年高了，怎么舍得？"

真要走了，千金反而悲伤起来。

"女孩子难道是娘家的客人吗？为什么她或早或迟都得走呢？"

梅香不理她，正急急地为她整理一个小布包。

七年过去了。

"我们少俊哪！"裴老尚书提起儿子仍然那副口气，"天天在后花园的书房里看书，真用功、真老实，他志气大，一心想求功名，到现在还不肯娶亲呢！"

而这一天刚好是清明，裴尚书身体不太舒服，只叫妻子和儿子去上坟，他自己一人在家，不免有点闷，便想到书房中去看看儿子的功课。

奇怪的是走到花园里竟发现守门的老仆在打瞌睡，而一对漂亮的小男孩小女孩正活蹦乱跳地在花园里玩。

"你们是谁家小孩？"

"裴家的！"小男孩挺胸当先，一副男子汉的样子，其实他看样子也才只有五六岁。

"什么裴家？"

"就是裴尚书家。"小女孩更小，但说话显然比哥哥更清楚仔细。

院公的神色有点慌张，他急着去捉两个小孩。

"快滚，你们这偷花的小贼。"

裴老尚书觉得事情有点奇怪，他也不说话，径自到书房去了。一向都是少俊到他房里来请安，他已经许多年没到少俊的房里去过了。

刚走到门口，只见刚才那两个小孩直奔书房，更怪的是书房跑出个女人来把他们急急抱过去，然后赶紧把门拴上。

"怪事，哪来的女人？"

"那女人也是偷花的，"老仆人赶快解释，"给我一追，吓得躲到房间里去啦，我看，就饶了她，放她走了吧！"

"不是的，"那女子一手牵一个孩子，含泪走出门来，"我们不是偷花贼，孩儿我是裴少俊的妻子！"

"什么？裴少俊结婚了？谁是媒人，聘礼在哪里？谁给他主的婚？"

千金低下了头。

"这两个小孩哪来的？"

"哎呀，"老仆人赶紧打圆场，"老相公该高兴才是，一分钱没花，居然娶了这么漂亮的媳妇，生了这样一双好儿女。那男孩叫端端，女孩叫重阳，我看今天补请个客就是了，老汉这就去买羊！"

"站住！"裴尚书大怒，"你们合起来把我瞒得死紧，这女人绝不是好人家出身，不是歌楼的就是酒馆的！"

"我父亲也是官宦出身。"千金委屈地说。

"闭嘴，好人家出不了你这种淫奔的女人！"

千金感到悲哀了，两个人做的是同一回事儿，但公公却一口咬定她出身下贱。

这时老夫人和少俊扫墓回来了，裴尚书以为妻子也串通一起骗他，又是一阵混乱大吵。裴尚书气极了，声言要把他们这种"破坏善良风俗"的男女送上法庭。

"父亲息怒，"裴少俊的态度立刻改了，"孩儿是卿相之子，怎可为这种案子上法庭受凌辱，这样好了，孩儿写休书叫她回去就是了。"

"你看，我一辈子像周公一样方正，老夫人像孟母一样有德，全是你这个外来的淫妇，勾引我儿子，败坏他的前程，辱污了我裴家的列祖列宗！"

"我不是淫妇，我只有少俊一个男人。"

"你还敢犟嘴，没有媒人，没有聘礼，自己偷跑出来的，不是淫妇是什么？来，张千！把两个小孩留下，这女人给我赶走！"

裴少俊到底不忍，亲自把她送回娘家去。

"父亲这样想，我也不敢违背，"裴少俊很惭愧地向妻子解释，"我这一走，也不回去了，我直接上朝取应去了。"

回到洛阳，依然是春天，满城春花灿开一如往日。

但回到故宅，千金才知道父母已经死去了，她忽然发现自己为那一场爱情付出了多大的代价，父母想必是暗怀着女儿半夜失踪的不可告人之痛而死的吧？

但是，她得到了什么？

娘家的田宅奴仆尚在，生活是不成问题了，但想起端端和重阳，她只觉得万箭钻心。那堵矮墙还在那里，曾经，他们最初的目光在那里相遇，而后，那书生半夜越墙而来，而今，墙上只有一片冷冷的青苔……

"小姐，小姐，好消息，"梅香跑得好急，"姐夫来找你了。"

"胡说！"

"真的是他！"

"就算是他，也不关我事！"

裴少俊在外面等得不耐烦，便径自走进来了。

依旧是当年的绣房，而他所穿的也仍旧是当年做秀才的衣服。事实上，他已经中了状元，又得了洛阳县令的官位，但是重访千金，他只想穿那一件旧日的衣服。

"千金，你这一向好吗？我来找你，让我们重新在一起吧！"

"哟，这位饱读诗书所以会写休书的人来啦！"

"不要这样说，我们重做夫妻吧！"

"谁敢去勾引你！"

"现在情形不同了，"少俊终于把事情透露了出来，"我父亲退休了，反而我做了洛阳县令，我今天就搬行李来住。"

"不，好女人不让陌生男子来住的！"

“我是你丈夫啊！”

“已经不是了！”

“当初是父亲逼我。”

“你家的人是周公，是孟母，是纯洁少年，我呢，是淫妇，辱没了你们祖宗八代。”

“千金，你也读过书，书上说，男人如果喜欢他的妻子，而他的父母不喜欢，他就该把她休掉。反过来说，如果男人不喜欢他的妻子，而他的父母却觉得这媳妇侍候他们很周到，他就该留下这个妻子。”

“你那父亲，他哪里是尚书，他自以为是月老，可以控制普天下的姻缘呢！”

裴少俊从来不知道千金说起话也能这样逼人，她一向都是温柔娴静的，他吃惊地望着这一无所惧的女人，心里觉得既陌生又尊敬。

而门口喧喧腾腾的，原来老尚书赶来了，老夫人和端端、重阳也全来了。

“哎，哎，你这个傻孩子，怎么不早说，原来你是李世杰的女儿，这件事说来才巧哪！我们裴李两家是议过婚的，当时，我跟你爹爹政见不合，就把儿女婚事搁了下来，没想到人算不如天算，你们倒自己碰上了。对不起，是我错了，我现在牵着羊，担着酒来做个喜庆筵席。”

“看我的面子吧！”老夫人在一旁说，“这些日子，我养这两个小孩也够累的呢！"

"妈妈！妈妈！"两个孩子一起哭起来。

"认了我们吧！"

"不！你们忘了，我是被休了的！"

看着没有希望了，这一群人转身要走了。

"妈妈，妈妈。"端端大声哭个不停。

"妈妈！"重阳一边哭，一边说，"你不要这样嘛，我都伤心死了，你不回来，我跟哥哥真的会死。"

千金再也撑不住，一把紧紧地抱起孩子，再也不肯放了。

"我认了你们！"她一咬牙，高声地说。

老夫人乐了起来，赶忙奔前跑后去备酒席。而千金什么都没听到，祝贺声、杀羊声、笙歌声，统统都不在她的世界里，她只一径紧紧紧紧地抱住孩子。

桃花女

元·王晔

或谓作者佚名，或谓王晔作，王晔字日新（或谓日华），杭州人，体肥，善滑稽，能词章乐府。作杂剧三本，今余《桃花女》。

在洛阳城外有一个小小的村庄，在百十多人家里，只有主要的三户人家，一家姓彭，一家姓任，一家姓石。这三户人家有无相济，不像邻居，倒像异姓骨肉了。那彭家是彭祖的后代，没有子女。任家有一个独生女儿，叫桃花。石家有个儿子，叫石留住，孤儿寡母到现在儿子总算有二十岁了。

这天早晨，石婆婆心里有点七上八下，因为儿子春天到南方经商，不知怎么搞的至今音信全无，石婆婆知道彭大在城里一位周公家里做雇工，听说那周公算卦很灵验，他每天要彭大挑十两重的一个银子在街上走，一面喊着说，算不准的倒赔十两银子，而三十年来竟没有人能拿走那块银子。

"既然那么灵，我就弄个几文钱也去试试吧！"石婆婆心想，"到底儿子凶吉不知如何。"

彭大把石婆婆带到周公家，报了生辰八字。

"哎呀，你儿子注定短命。"

"短命也罢，但至少要知道什么时候回来，我也好见他一面呀！"

"不行，他今夜三更寿尽，死在一堵土墙下。"周公的脸冷酷无情，"你们见不到最后一面了。"

石婆婆一路哭回家。

"婆婆，"任家桃花女等在门口，"我想绣花，先跟你借几根针好吗？哎呀，怎么回事，你眼睛都哭红了！"

石婆婆说出了原委。

"来，石婆婆别烦恼，我也会算，"桃花女安慰她，"让我掐指算来，哦，这周公算得不差，的确石大哥命该如此。"

"你也这样说，那是死定了！"

"不然，我教你个办法，今天半夜三更，你倒坐在门限上，散头发，用马杓儿（注：即厨房内用的大型匙，一般相信有收惊等法力）在门限上敲三下，口里大叫三声石留住，石大哥的命就能保住。"

天黑了，急着赶回家的石留住被困在大雨里，四下是荒野，他看到有一所破窑，便毫不考虑地钻进去躲雨。

"石留住！石留住！石留住！"

半夜三更，他听见一阵熟悉的喊声，在这样的荒野里，有谁会用那样热切的声音喊他呢？

"我在这里！"他跳出洞来。

四野寂然，窑洞哗的一声倒了。

石留住回到家，把经过说了，母子俩高高兴兴去向周公讨十两银子，周公没办法，只好付了钱，三十年的老招牌一旦砸了，羞得连店门也不敢开。

"哎，哎，你老人家这是何苦来，"彭大侍候周公也三十年了，这几天看他情绪不好，便也来劝解，"年纪大了，偶然不济事也不算什么，俗话说'一日不害羞，三日吃饭饱'。"

"唉，十两银子不算什么，但这次脸真丢大了，这样吧，咱们反正闲着也无聊，不如我来替你算命吧。"

"算了，算了，我都活到六十九岁了，还算什么命？"

"不得了！"周公排算了一下，大叫起来，"你今日无事，明日无事，后天午时死在炕上。"

"哎哟，阴阳的事，就跟狗咬跳蚤似的，有时碰巧咬着了，有时就咬不着！我才不信你呢！"

"你服侍了我这么多年，喏，这两银子送你，你回去跟朋友们吃个临别酒吧，你的丧事包在我身上，我不会亏待你的，你现在就回庄上去吧！"

彭大拿了银子，口里虽说不信，心里却不免发毛。回到村子里，他看到多年好友任二公，便进去坐坐。

"我主人周公说，我后天中午要死了，我这里有一两银子，咱们哥儿俩一辈子知己，现在先喝个告别酒吧！"

"别信他的，"任二公安慰他，"我女儿桃花的手艺不错，等下我叫她弄个酒菜就是了，你的银子收着吧。"

桃花女恰好回来，她刚得了石婆婆送的针，现在又去配了线来，她打算要好好绣几朵花，她是个闲适美丽而又能干的女孩，看起来，一点不像懂得天机命运的样子，回到家里，她絮絮叨叨告诉爹爹一路上看到的风光，一个倒骑牛的小牧童，一家家丰收的景象，还有那漂亮的一组组丝线。然后她注意到任二伯的神色不对，她急急到府下去杀鸡煮酒，然后在席间慢慢套些口风。彭大终于又把事情对她说了一遍。

"周公算得很灵哪，除了石婆婆的儿子，每一个都算得准准的。"

"伯伯你生辰八字告诉我，我也来算算。"

"嘿，我这个丫头啊，也好像很会算呢！"任二伯笑哈哈地不当一回事，"居然也有点灵验。"

"凭你个十八岁的丫头，"彭大还不知道石家的事，"怎么算得过经验丰富的老周公。"

"嗯，周公的确厉害。"桃花女掐指一算，"一个时辰也不差，是后天午时。"

"我早就说他算得准！"彭大一听，也顾不得老脸，居然痛哭起来。

"准？他也不见得天下无敌，我教你个法子，包你不死。"

"那太好了，我要有了命，将来背上披鞍，口中衔铁（注：意指来生变马）来谢你。"

半夜，彭大依着桃花女所教的，准备了七份香花素果、明灯，等待天上七星下降，原来他们是来考察人间善恶的，看到香花素果，心里很高兴，正在这时候，彭大跳出来，扯住了一位星官。

"你扯我做什么？你要官吗？要禄吗？"

"不，我命里注定明天午时死，我要寿！"

"好，我把你的六十九勾掉，加三十，九十九岁，好吗？"

"够了，够了，太多了。"

第三天午时，周公去彭大家吊丧。

"你的盛情我心领啦。"彭大笑哈哈的，"你给我十两银子吧——只要付九两就成了，你前天已经送我一两了！"

周公连遭两番挫辱，立刻关上门，威胁彭大。

"到底是谁人破了我的法，是谁想抢我的招牌？"

彭大不得已，只好把过程细说了一遍，并且告诉他，连石留住的命也是桃花女救的。

周公听完了，完全不想检讨自己一心只想"算得准"，桃花女却只想"救人"，他恨的是对方竟然只是个十八岁的女孩子。他眉头一皱，想了条计谋。

"这样吧，冤仇宜解不宜结，彭大，你看我那增福孩儿，今年二十一了，咱们去把桃花女娶来，这样的人才还是落在我家好些。"

"这是你老人家的如意算盘，任家不一定答应啊！"

"你听我说，你明天送一桌酒一匹红去。你说，是你谢桃花女的席，他们一定吃了席，收了红。等吃下去，收下去，我再说，是我送的花红酒礼，他们就赖不掉了！"

"那，岂不是要我骗人吗？"

"哼，你敢不骗，我打死你。"

"好，好，你老人家别发脾气。"彭大怕了，"我去办就是了。"

周公一面又找媒婆去说亲，任二公不答应，彭大不得已，告诉他刚才的花红酒礼金是周公的。

"你居然这样出卖朋友！还亏你的命是我女儿救的！"

"话也不是这样说啦，我跟他三十年了，"彭大这人是非观念不太清楚，"眼看着增福长大的，他也算是一表人才，你女儿不小了，这也不算坏事啊！"

"但为什么要弄圈套？"任二公气得发昏。

而桃花女这时却在东庄上找人磨她的铜镜，她是一个爱照镜子的女孩。镜子此刻磨得晶亮，她爱不释手地照了又照。

忽然，她感到头发像被人揪了一把似的，整个人都惶乱不安起来，她意识到有什么事发生，便急急忙忙赶回家去。只见爹爹正生气，跟彭大公快要大打出手。看见她回来，三个人一起上来各说各的理。媒婆尤其努力，把周家的好处说得满天乱飞，更好笑的是她还保证周公要传桃花女一身算命的本事。

"哈哈，"桃花女不屑，"谁稀罕他家吃得好住得好，咱们乡下人有蚕有桑，囤里堆着细米，垛下垒有干柴，他们城里那些东西又有什么好？至于雪花银子三十个，我也不正眼瞧，还有他那套阴阳卦爻，也休到我面前来神气。"

三个人听她一席骂都不说话。

"不过，我才不怕他，要嫁，我也敢嫁，他摆布不了我的！"

三个人都很惊讶！她居然答应了。

"好，你答应，我就答应。"任二公说，他觉得女儿总是对的。

其实，周公哪里是要娶媳妇，他想要好好害一害桃花女，桃花女岂有不知之理？棋逢对手，她要跟他好好斗一斗。

周公第一个害她的方法是让她在一个坏时辰出门，让她不死即伤。桃花女去隔壁请了石婆婆的儿子石留住来送亲，要他拿着筛子前行，筛子有"千眼"，据说能避鬼，桃花女自己则戴个花冠，于是便撞过去了。

周公又算准上车时辰也凶，撞着"太岁"，但桃花女叫车子先退三步，然后再往前走，就没事了，桃花女还用个手帕把脸蒙上，避了凶气。

新人的车子快到了，周公笑眯眯地迎了出去。

"死了没？"周公问。

"活活的呢！"彭大说，接着就把新娘的办法讲了一遍，周公不禁惊奇。

周公的第三个机会，是让她下车的时候，踏着"黑道"，但桃花女叫石留住拿两张席来，轮着垫脚，她终于没踏到地面上。

第四关是让她在"星日马"当头的时刻入门，据说这时入门会被马踢死踏死，桃花女叫人用一副马鞍搭在门限上。第五关是入墙院，碰到"鬼金羊""昴日鸡"当头，桃花女叫石留住取一面镜子，可以照脸，另外弄些碎草、米谷、五色铜钱，一路走一路撒，满院的小孩都在捡，凶气也就冲散了……接着是进第三重门，碰到"丧门吊客"当头，桃花女要石留住进门时朝天放三箭，最后，周公又算准让新人在"白虎"当头时铺床，桃花也算准了，便叫小姑腊梅来陪她，她抽身说更衣跑开了，等她回来，腊梅竟死了。

七道凶险，她全没事儿，最后一闹反而把周公自己的女儿弄死了，周公真是又惊又痛。

"你要她活过来吗？"

"当然要，当然要。"

桃花女于是念动咒语，腊梅活转过来。

种种阴谋都失败了，周公想起最狠的一招，他要彭大到城外东南角去砍死一棵小桃树，那是桃花女的本命，一旦砍死，桃花女就完了。

"我不能去，我的命是她救的。"

"你不去我打死你。"

"哎，哎，我去她死，我不去我死，那还是让她死吧。"彭大一口答应了，然后又自我宽解地想，"反正他斗不过桃花女，所以，砍了树也不该出麻烦。"

"彭伯伯，你一大早拿着斧头做什么？你要出城去砍桃树吗？"

"不，不，我去砍些柴烧。"

"别骗我了，我都知道了，你既然非砍不可，你来，我教你个办法。"她如此这般交代了一串计谋，"你要记得我的救命恩惠，就照我说的去做。"

彭大满口答应了。

出城不久，他找到了那棵树，他记得桃花女的话，只砍了半截就回来了。回到家一看，桃花女果真死了，周公欢喜得不得了，彭大实在看不过，就照桃花女生前的吩咐拿着砍回来的半截桃枝在门限上敲。敲一下，小姐腊梅死了。敲两下，少爷增福死了，周公惶恐起来，也没有时间供他惶恐了，因为敲第三下的时候，周公也倒下了。

彭大简直不相信眼前发生的事，桃花说的事竟灵验得丝毫不差，他有点害怕起来。

"该死，"他慢慢恢复正常，"我还忘了做一件事。"

他跑到桃花女耳旁，高声叫着。"桃花女，快苏醒吧！桃花女，快苏醒吧！"

桃花女伸伸懒腰，爬了起来。她悠闲地走来走去，好像什么凶险都没发生过。她拿了碗净水朝周公喷洒念咒，周公活了过来，这一回他知道，他输定了。

"你，你把增福救起来吧！"他的口气和缓下来，"他好歹是你丈夫。"

桃花女不说什么，她把增福救了。

"连腊梅也一起救了吧，她是你小姑婀！"

桃花女也照做了。

"唉，"周公叹了一口气，"其实你也是个好女孩，只为我三十年的招牌两番砸在你的手里，心里气不过，便想来跟你比试个高低，现在呢？毕竟不打不相识，我也输得心服口服了，现在我想通了，这也没什么不好，儿孙后辈超前辈，也是家道日兴的好事啊！"

任家、石家、彭家，连同媒婆家大大小小老老少少全来了，新郎新娘拜了天地，开始大张筵席，那一天大家喝得个烂醉，总共开了几坛酒，周公也糊里糊涂懒得问了，三十年来，他还从来没有如此不精细、不算计过呢！

王宝钏

清·京剧·佚名

作者佚名，此类包括"戏妻"情节的戏尚有《秋胡戏妻》等，熊式一曾于1934年将《王宝钏》改写为英文剧。

王宝钏正低着头，绣一只灵动欲飞的龙。金黄沉紫和火红的绣线一针一针上下穿梭，眼见得一条龙就要绣好了。忽然，她推开绣线，脸红起来，她想起昨夜的梦了。梦中一颗大红星，猛然坠在她怀里，而此刻，那条绣花绷子上的龙，也是如此带着火地耀动，直扑下来。

和丫头一起，她走到花园里去，宰相府的名花异草开得整齐规矩而饱满。

"哇，失火了。"丫头大叫起来。

宝钏镇定地走过去，没有火，只见一个褴褛的流浪人，坐在花园门口打盹，这人显然是穷人，但他睡熟的脸部安详平静，他的周身有一种说不出的、逼人的光辉。

忽然，王宝钏又想起梦里那颗光灿灿的大星。不知为什么，这人使她想到光，逼人的光。

"你叫什么名字，哪里人？"

"我住长安，父母早死，我一个人到处流浪，我的名字叫薛平贵。"

"你父母死以前，没跟你定亲吗？"

"穷成这样，小姐，"那人无奈地苦笑，"怎么敢去说亲？"

王宝钏睁着一双清亮的、纯洁得近乎无知的眼睛打量着这个陌生人。奇怪，成天出入相府的人倒也不少，但这个男人却与众不同，大姐金钏嫁给苏龙，二姐银钏嫁给魏虎，跟苏龙、魏虎比，就仿佛这人是铁打的，那些人是纸扎的。

"二月二日，父亲要给我结彩楼抛绣球，不知什么人有姻缘，你也可以来试试。"

"来的都是王孙公子吧！"

"婚姻的事儿，靠缘。"

"我会来的。"

王宝钏站在高高的彩楼上，手里拿着个旋转不定的球，那薛平贵还没有来，她焦急地四下张望，都是些什么人呢？似乎有王孙公子，也有商人农人，一只小小的彩球轻轻一掷，一个女人的命运就这样决定了？

忽然，她看到那耀眼的、火一样的男人，她急速地把球向他掷去，但群众忽然像山崩一样压下来，人人都去抢那只绣球，他捡到了吗？她看不清楚，从什么时候开始，她如此在乎这个人的？她不服气地想。

然后，她看到了，天从人愿，绣球，带着她的祝福与关怀，好端端地被捧在那人手里。她站在高高的彩楼上，他站在尘埃里，但她明白，而今而后，他们将一生一世在一起了。

"相府的千金小姐，去配路边的叫花子薛平贵，笑话，"父亲很生气，"退掉，退掉，我随便替你找个王孙公子。"

"父亲，人要讲信用，不要说打着了叫花子，就是打着了一块石头，我也会抱它三年五年的！"

"你在跟我赌气吗？"

"没有！"

"那么为什么不听话另外嫁人？"

"这种事别说爹爹，圣旨也改不了！"

"你也想想，大姐金钏、二姐银钏都不及你漂亮可爱，她们都嫁得那么好，你反而嫁给一个叫花子吗？"

"人总有倒霉的时候，我们怎么能知道未来呢？一朝得志，说不定，他也不在爹爹之下。"

"大胆，"父亲咆哮起来，"退！退！退！非退不可！"

"不！绝对绝对不退！"

"不退你身上两件漂亮衣服还我！"

"可以，但是爹爹还记得这两件宝衣哪里来的吗？"

"圣上赐的。"

"圣上为什么赐爹爹？"

"因为君臣之谊。"

"圣上倒有君臣之谊，爹爹却没有父女之义吗？"

“只要你肯退亲，别说这两件宝衣，就是满箱金银也随你拿啊，爱多少，拿多少。”

“可是，我不要了，这‘日月龙凤袄’、‘山河地理裙’都还给你吧，还给‘嫌贫爱富的人’。”

看到女儿赌气噘嘴发狠的模样，父亲的心又软了，脱了宫装之后，她只穿一件朴实的素色衣裙，反而益发楚楚怜人。

“你倒会说话，我嫌贫爱富没错，可是，我是为了谁？”

“不知道！”

“就是为你这个小鬼头呀！”

“我的事是我的命，不须麻烦爹爹，爹爹，你手摸胸膛想一想，如今膝前还有谁，就我一个了，你就不能多疼我一点吗？”

“不错，就你一个了，你还不能多孝顺我一点吗？”

“孝顺？如果母亲死了，我会来披麻戴孝。”

“如果我死了呢？”

“我不会哭一声的！”

“王宝钏，你听着，你太倔强了，你会后悔的，我现在也死了心了。我算没有你这个女儿，我跟你‘三击掌’，就此断了父女情算了。”

“我走了，”王宝钏转身，避免直接冲突，“我去拜别母亲。”

“不准！”他在盛怒中吩咐丫鬟把守后堂，“谁敢放她进去，打断他狗腿。”

她不争执了，她走到父亲面前，跟父亲击了三下手掌，从此恩断义绝。

"告诉母亲一声，"她嘱咐丫鬟，"我现在就搬到寒窑里去了！"

临走，她偷看了父亲一眼，心里猛然一惊，不知在神色眉目的哪一部分，或是在盛怒的表情中，父亲看来跟她真是相像。

而且，父亲也在远远地偷眼看她。

寒窑里只有极微弱的光线。相府里珠围翠绕的生活至此是完全没有了。

是错觉吗？她忽然觉得小别数日的丈夫回来了，前几天听说楚江河下妖怪作乱，他赶着去了。婚后他一直在挣扎找个出路，图点出息，他不要辜负王宝钏。此刻她看见金红色的头盔，闪耀生光的铠甲，以及高大的红鬃毛的骏马，是他吗？

"三姐，我回来了。"

"我快要不敢认你了，怎么回事？"

"我降了妖怪，其实也不是什么妖怪，就是这匹烈马，奇怪，一看到我，它倒很乖，皇上看见高兴了，封了我做将军。"

"啊！那太好了！"王宝钏像小女孩一样地高兴起来，"谢天谢地。"

"可是，你别急着谢天谢地，我又要走了。"

"为什么？"

"你父亲私仇公报，他说西凉国下了战表，我们要去迎敌，你大姐夫二姐夫做正副元帅，我却做危险的'马前先行'，军队现在就要开拔了。"

"什么？"王宝钏不能接受，"我不相信，现在就走？西凉国？"

"不要哭，我给你留了十担干柴，八斗老米，我也不知什么时候回来，你守得住就守，守不住就忘了我，另图出路吧！"

"守得住我自会守，"王宝钏气愤起来，"守不住我也会守！"

远处有三声清晰的大军出发的炮声，平贵纵身上马去了。

魏虎带消息来，说平贵战死在西凉国。

寒窑中风雨凄凄，王宝钏病了。母亲赶来看她。

"三个孩子里，你最聪明、最漂亮，"母亲老泪纵横，"或许是我们太宠你了，你的脾气弄得这么倔，看你大姐二姐，日子过得多称心如意。"

"那是她们的命，可是，穷人也是人，穷人也是人嫁的。"

"你的病怎么样了。"

"也没什么，只是听到平贵死了，我是不相信的，爹爹却派人逼我改嫁，我一气就病了，现在看到母亲，已好了一半了。"

"跟我回去吧！这寒窑实在住不得人啊！"

"我已经跟父亲三击掌了，我饿死也不回去住的！"

"你不回去，我就搬来！"

"不，母亲，你受不了这种日子的，你老人家还是回相府去吧！"

"你可以住十七年，我怎么不能？"

母亲的脸很决绝，她急起来，不知怎么办才好。

"我跟你回去。"她迅速地站起来。

母亲高兴地笑了，眼中闪过一阵诡谲的表情，王宝钏也是。母亲一脚跨出寒窑，王宝钏急急缩了回来，关上窑门。

"喂，喂，宝钏开门，你这是干什么？"

"母亲，我骗你的，你回去吧，谢谢你带来的米粮。"宝钏隔着门哭了，"但是寒窑不是你住的地方，相府也不再是我住的地方。"

一扇厚木门，里面滴满了泪水，外面也滴满了泪水。

薛平贵站在武家坡上，前尘旧梦，一霎时都来到眼前。自从在三响炮声中跨马而去，他已建立了不小的功勋，但魏虎为了夺功，便把他灌醉了，绑在红鬃烈马上，直放西凉国而去。没想到西凉国老王没有杀他，反而命令他和代战公主成婚，老王死后，公主力保他做西凉王，匆匆十八年就这样过去了。

直到那天早晨，他打下了一只大雁，雁足上竟然绑着王宝钏撕下罗裙咬破指尖写的血书。

"早来尚能相见，"她在信上写着，"稍迟一步，难保此世还能团圆。"

身为公主的丈夫，其实也只是一种"高尚的入赘"，行动哪有什么自由？看到妻子的信，他激动起来。一场酒，灌醉了代战公主，他便直奔长安而来。

武家坡荒凉依旧，一个鹑衣百结的妇人蹲在地上挖菜，她那样专注，目不斜视，仿佛天地间只有那一棵野菜，她那固执的神气是他熟悉的，难道她是一别十八年的王宝钏吗？

她又换了一个角度去挖另一棵菜，他确定了，是她。十八年过去，他忽然莫名其妙地想要恶作剧一番。

"喂，有件事麻烦大嫂。"

"军爷迷路了吗？"

"阳关大道，哪会走迷？我是来找人的，鼎鼎大名的王丞相之女，薛平贵之妻，王宝钏。"

"你，你跟王宝钏有亲还是有故。"她竟对面不能认识这人。

"非亲非故，只是她丈夫托我带封家书！"

"啊，我就是，原来他真的还活着，家书在哪里？"

"啊呀！掉啦，"他胡乱摸了一阵，"我想起来了，我放在箭袋里，刚才打雁，一抽箭，搞掉了。"

"那雁吃了你的心肝才好！"王宝钏跺脚骂道，"我就是王宝钏，你这种为人谋而不忠，与朋友交而不信的坏蛋！"

"呀！呀！大嫂别生气，"他口气开始轻浮起来，"信虽掉了，上面的话我倒记得。他说'八月十五日月光明，薛大哥在月下修书文，三餐茶饭小军造，衣裳破了自有人缝'。"

"他还好吗？"

"他不好哩，"薛平贵苦着脸，"他丢了一匹马，要赔十两银子，他没有，因为他花天酒地存不了钱，只好跟我借，后来弄到连本带利欠我二十两啦！"

"你为什么不跟他要？"

"要也要不出来啊！后来他想了个办法，说在长安城南武家坡，他还有妻子叫王宝钏，就抵给我好了，所以现在你是我的人啦！"

"欠钱还钱，我到我父亲的相府里去要钱还你就是了！"

"我不要钱，只要人。"薛平贵暗自想笑，却忍住了，"你别逞强，我把你一把抱上马，跑回西凉国去，你还有什么办法？"

"啊，那边有人来了。"王宝钏大叫了一声。

薛平贵一回头，漠漠荒郊，哪里有人影？她趁机迅速抓了一把沙，对准来人的眼睛一丢，立刻脱逃回洞，牢牢地关上门。

"开门，开门，我跟你闹着玩的，我是你丈夫啊！"薛平贵揉着眼睛，流着泪在门外大叫，这把沙子真厉害。

王宝钏不理。

"十八年了，三姐，我看了你的罗裙血书才回来的。"从门缝里，他递进血书。

门开了。

"真是你吗？"王宝钏惊疑地看着他，"我的薛郎是没有胡子的。"

"你没听说过吗？'少年子弟江湖老，红粉佳人两鬓斑'，三姐，你也到水盆里去照照自己的容颜吧！"

"真的，真的十八年了，我也老了！"

生命里能有几个十八年呢？曾经失去的岁月，只能用未来的恩爱作补偿了。

当然，就薛平贵这方面而言其结尾是更愉快的。他出了当年的一口气，又封了宝钏和代战公主两位同做皇后，那是旧时代里一切男人的美梦。

　　而王宝钏，终于跟父亲和解了，并且在父亲有难时以自己的力量救了他。她一直要证明自己的判断比父亲高明，她一直相信自己可以丢掉"相府小姐"的身份而活得下去。她，成功了。

第九章

释道剧

来生债

元·佚名

或谓作者不详，或谓元刘君锡所作，刘为元燕山人（今天津市蓟州区），《录鬼簿》上谓："性方介，人或有短，正色责之……人称为'白眉翁'，家贫……不屈节，所作乐府，行于世者极多。"今仅存《来生债》。

本来，一切事都好好的。

早晨，庞居士起来，带着用人行钱去探望朋友李孝先的病。

庞居士是一个财主，由于祖传的产业他生活得很舒适。但此刻，他大吃一惊，不过几天不见，李孝先怎么会病成这副样子，人生真是无常啊！

"到底是怎么回事？"

"那天我从衙门经过，看到一个人给人吊起来拷打，我不知道他犯了什么罪，一问，原来是个欠债的，"李孝先的声音哽住了，"我就想起，我也借过你二两银子，连本带利，该还四两了，但现在我的买卖失败了，哪来的钱还呢？说不定哪一天，我也像那人一样给吊起来……"

庞居士呆住了，这是怎么回事？他是太有钱了，他虽然也有一份很难得的属于有钱人的仁慈，但对现实社会，他几乎不了解，怎么回事呢？好心好意借钱给朋友，没帮上忙，朋友反而忧急成病？难道这就是钱的意义吗？

"去把那二两银子的借据当面烧掉！"他回头吩咐用人行钱，"另外，再给李先生送二两银子来治病。"

"这样的恩情我今生今世报不了，"李孝先哭起来，"来生变牛变马，我也要偿还……"

庞居士回到家里，把大批文契全烧了，因为他不知道有多少欠债的人正像李孝先一样被"还债"的压力逼得喘不过气来。

历年的文契积得有几大箱，行钱一一搬到院子里，一把火点起来，黑烟直冲，足足烧了大半天，才烧干净。

天晚了，暮色宁静地合拢来，庞居士感到异样的满足。他绕着前院后院走一圈，他喜欢自己的家，自己的大片产业，以及自己今天的善行。正在这时候，他听到一个快活滑稽的声音，唱着不成曲调的歌：

"喂哟——喂哟——我说牛儿啊——你再不好好走——我可要打下来了呀——"

"是谁在唱？"庞居士想不通那声音为什么那么俏皮活泼，"这人日子一定过得很快乐！"

"这是我们家的磨坊工人，叫罗和的，"行钱一面大叫了一声，"罗和，阿爹要见你。"

小小的磨坊里，大石磨不停地转动，白粉粉的麸面落了下来。

"你这样哼着唱着，一定是心里很快活吧？"

"阿爹呀！才不是呢！我每天一早起来就拣麦、簸麦、淘麦、晒麦、磨麦、打罗、洗麸……最后也只拿二分工钱，我累得要死，我这样唱着，是提防自己睡着啊！"

奇怪，他这么累，这么劳动，可是那歌听来分明愉快朗爽，那样年轻鹰扬，又那样无牵无挂，令人满心喜悦。

可是，庞居士毕竟心软，既然罗和这么累，他也不忍心再叫他受苦了，他取了一锭银子交给这年轻的磨坊工人，"孩子，你拿去做个小本生意吧，不要这么累了，以后睡眠也可充足些！"

罗和欢天喜地地回到家里，家里因为一无长物，所以每天早晨他离开的时候，只用根草绳把门一拴，就走了。而回家，也只需把绳子一解就行了。但此刻他有了第一笔财产，他开始惴惴不安了。他把银子紧紧揣在怀里去睡觉，没想到梦见人来扒他的钱。他醒来，左思右想决定把银子藏在炉灶的灰堆里。立刻，他又梦见失火了。等他起身把银子收藏在水缸里，又梦见大水淹来了，最后他又起床把银子埋在门限下的泥土里，却又梦见强盗来打劫，甚至还要杀他，他一惊而醒，天竟亮了。这夜心惊胆战，不曾好睡一刻，没奈何，早上起来，下定决心把银子还给庞居士，安心做个穷人。

"孩子啊！一锭银子你就不能睡了，"庞居士忽然明白什么是钱财和牵挂了，"那么，我这有两三仓库金银宝贝的人可该怎么办呢？也难怪我不会唱歌了！"

庞居士又在宅院里看磨粉榨油的财务，不知不觉，他走到牛棚，忽然，他听到驴在跟马说话：

"马哥，你为什么会到这里来呢？"

"我前生欠庞居士十五两银子，所以这一生变马出力还他。你呢？"

"我欠他十两，所以变驴拉磨还他，"忽然驴又转过身去问另一只牛，"你呢，牛哥？"

"我曾向庞居士借十两银子，连利息欠他二十两，现在变牛来还他。"

庞居士一听惊动得几乎昏倒。

"天哪，我一心要行善，怎么反而弄成这种结局了？让别人变牛变马变驴来偿还我，我的一番好意居然变成更无情、更惨伤的一种放债——我放的是来生债，可怕！金钱竟是这么冷酷吗？让人今生来世都摆脱不了吗？"

"行钱，你把所有的房契地契产业文书全一把火烧了吧！"

"你这是做什么，"他的妻子急起来，"你烧借据，我由着你，不说话，可是现在你居然来烧房契地契了！天哪！我跟儿子凤毛女儿灵兆都还要活呢！"

"我们做财主，已经够痛苦了，为什么要留下钱来叫我们的孩子又去做财主，甚至让孩子的孩子仍去做财主？"他坚持不肯改变主意，"你想想小鸟妄图霸住整个森林，其实它真正能栖止的不过一个小枝子罢了，鼹鼠想要喝掉一条河，但是其实，它也只能喝满那个小肚子而已。为什么我们这种只吃得下三升粮食的人，偏要贪心不足地占着万顷良田呢？一天到晚把个算盘子儿拨来弄去，自己一辈子也就这样拨拨弄弄给拨掉了——何苦呢？赦了自己吧！让自己自由自在简简单单地过日子吧！"

庞婆婆不知道为什么最近丈夫的想法整个改变了，她直觉地知道他很正常，只是，她总有那么几分不甘心。

"解散所有的奴仆，给他们一人二十两银子。让他们回家与父母团聚，各人去侍候自己的父母。我不要再过让人侍候的日子了！"他大声吩咐，"牛羊畜生都放生到山中有水草的地方，家里的金珠宝贝全堆上那一百只小船，然后运到外海再堆到大船上，明天我把大船开到东海去沉船，让所有的财宝都回到深海里去。"

第二天，岸上站满了惊奇的观众，在一阵狂风暴雨之后，海中的龙王收了那些金银珠宝。

"我们以后怎么生活呢？"

"你放心，上天不会饿死一个勤恳的人，嘿，告诉你个秘密，你信不信，我会编笊篱（捞面条用的竹器），编得还不坏呢！以后让儿子去鹿门山外竹园砍竹，我来编，女儿去卖，我们要开始过一种跟以前完全不一样的最简单的生活。"

那以后，人们总看到这一家人过着劳动的、朴实的却心安理得的日子。第一次，庞居士发现自己和全家人也会唱歌了。儿子一面唱歌，一面砍竹，父亲母亲一面唱歌一面编竹，女儿一面唱歌一面卖笊篱，那真是一把用歌声编成的笊篱呢！他们在卖的岂止是捞面用的笊篱，他们是希望在这苦海般的世界里捞上几个沉迷物欲的灵魂啊！

故事的结尾有点突兀，他们居然发现原来一家四人都是有来历的神明，所以终于合家证果，同返天界。

当然，你可以不相信这一段结局，但是你必须相信，当他们全家一起同心协力靠劳力生活的时候，他们家里几乎像天界一样快活呢！

张生煮海

元·李好古

作者李好古，元西平人或东平人，官南台御史，作剧三种，现仅存此一本。

东海之滨，石佛古寺，东南角上一个幽静的书房里，秀才张羽在焚香弹琴。

夜渐渐地凉了，古刹里的老僧和小行者都睡了，琴声像潮水一样涨起来，慢慢地竟盖过风声，盖过海涛的声音，那样温柔地把宇宙包裹起来，像一张毯，包起婴儿。

他也许不是最好的琴家，但他是一个年轻颖悟的男子，正和他的名字"羽"一样，他是这个世界上无足轻重的人物。他空有满腔的情感，找不到可以寄生的地方，他空负才学，不知何所归托，所有热切的温柔的呼喊，此刻全都宣泄在琴声中了。那琴声似风涛，似月色，似山涧中激湍的水流……

忽然，嘣的一声，琴弦断了一根。

"啊！"他惊愕地停住，"是谁在偷听我弹琴？"

根据传说，如果有知音窃听，那种心灵的互震，连琴弦都会断裂。

张羽跑到门口，呆住了，竟然真有一个女子站在月光下，后面还跟着一个丫鬟。女子看到有人跑出，也吓了一跳。

"她真美丽！"张羽想。

"啊，他的人和琴一样出尘。"女子想。

在那安静的一刹那，琴声不存在，大海不存在，古刹不存在，这两个人迷惑地互望，彼此觉得恍惚在什么时候，也不知是几世几劫以前，他们是互相认识的。

"我姓龙，小字琼莲，偶然听到琴声，不觉听呆了。"

"难得知音，进来坐坐吧！外面风露重，进来我再弹别的曲子给你听。"

及至坐定，张羽的话忽然多了：

"我是潮州人，从小父母都死了，我一向很孤寂。"

不知为什么，面对着完全陌生的一个女子，他忽然想把自己半生的故事都告诉她。

"我跟寺里的长老说好了，借一间安静的房子读书，长老倒是对我很看承——可是，读书这种事，谁知道呢？我生平活到这么大，唯一做过的事就是读书，成天读读读，但是，不管你读了多少书，考不取功名都是不算数的。"

夜深了，他还在讲，他很惊讶为什么初见面就如此急着把什么都说出来。

"我也还没结婚——"忽然，他住了口，奇怪，怎么连这种事也告诉她。

她其实没有说什么话，只一径用了解的、鼓励的眼神望着他，听他讲下去，他忽然觉得她就像一具最好的古琴，她的每一根弦都是那样敏锐有反应，都能发出无言而和谐的共鸣。

"我得回去了，太晚了。"女子站了起来。

"我怎么能再看到你呢？"

"八月十五，你到我家来，先拜见我的父母。"

"八月十五，那还要等很久啊！"

"'有情何怕隔年期'，你没听过这句话吗？"

"你家在哪里？"

"就在沧海三千丈里。"姓龙的女子说得很模糊。

"你有什么信物留给我呢？"

"这幅冰蚕丝织的鲛绡帕就送给你好了。"

女子说完，就匆匆走了，张羽几乎不能相信这一切是真的，然而那清凉的、芳香的鲛绡帕却分明在他手里。

张羽站在海边，万顷碧波中，到哪里去找那女子呢？

留下琴和书给书童，只带一幅鲛绡帕，他就如此来赴这样一个糊涂的约会。海岸边岩岬万千，哪里有那女子呢？

忽然，他看到一位道姑模样的女子。

"道姑，我可以跟你问个路吗？这里究竟是哪里？我跟一个叫龙琼莲的女子约好八月十五在海边会面，你知道她在哪里吗？"

"姓龙的，哎呀，你怎么回事儿，姓龙叫琼莲的是海龙王的第三个女儿呀。你是个凡人，怎么可能去攀这个亲呢？"

"道姑怎么知道的？"

"我也是个仙姑啊，我本来是秦代的宫女，由于采药入山，渐渐不吃人间烟火，只吃山花野果、仙药，后来身体愈来愈轻，人家叫我'毛女'，我奉东华上仙的命令，劝你不可痴迷，早归正道吧！"

"可是，这也不算我痴心妄想，你看，她不单约了我八月十五来访，还给了我一幅鲛绡帕呢。"

"嗯，看来那龙女是对你有意的，可是，她父亲龙王的脾气却很暴躁呢！"

"怎么办呢？他一定不答应让龙女和我这个凡夫俗子来往的。"张羽痛苦地望着眼前无边无际凶恶的波涛，跌足叹气。

"既然你这样真心，"仙姑在小篮子里掏摸了一阵，"我借给你三件法宝。"

张羽凑过头去看，只看到一口银锅，一把铁勺，一枚小小的金钱，都是些不起眼的东西。

"这三样东西有什么用？"

"我教你，你用铁勺舀点海水放在锅子里，钱呢，就放在锅底。然后你生堆野火来烧。锅里的水烧干一分，海里的水就少掉十丈，锅里的水烧掉一寸，海水就下降百丈，要是锅里的水烧干了，海也就枯了，你等着吧，那海龙王自己会来找你的。"

石佛寺里的小行者和张羽的书童，两个人越想越不放心张羽的行径，一起赶到海边来找他。及至听说了"宝物"的事，三个人很兴头地架起一个石头堆成的炉子，舀了一勺海水，高高兴兴煮起来了。

水滚了。他们跑到海边去看，只见海水也正沸沸扬扬。

正在这时候，石佛寺的长老急忙慌张地跑来了。

"你在干什么？"

"我在煮海水玩呢！"

"煮海水做什么？"

"龙女琼莲约我八月十五来此相见，可是，现在龙王不放她出来了，我煮海她一定会出来。"

"停、停、停，不能再煮了。"长老叫道，"龙王刚才已经托人找我，要我做个媒人，你熄了火吧！"

"好。"张羽果真熄了火，"可是，我怎么敢到海里去呢？"

"你跟着我就是了！"

"海里是不是一片昏黑啊？"张羽有点惴惴然地问。

"别胡说，你忘了太阳每天都是从海里蹦出来的，海里面才光明呢！"

水晶宫里大张筵席，东海龙王嫁女的场面怎可不隆重？

琼莲带着张羽走来走去观看，珍珠珊瑚，在这里都像寻常泥土一样，蛟虬是参从，鼋是将军，鳖是相公，鼍是先锋，另外还有些鱼夫人，虾侍妾，龟老头，至于螃蟹、蚌壳则是宫中的奴仆。

"唉，"龙王望着娇纵的女儿，"你也太大胆了，你自己跑到哪里去认识这么一位秀才的？"

"他弹的琴好听嘛！"

"你这秀才，"龙王转脸看他，一副对顽皮小孩无可奈何的样子，"你哪里弄来的法宝，这海水也能让你煮着玩吗？"

"是个仙姑给我的。"

"我看哪，"龙王又好笑又好气，"做父母的也真难搞，谁家要是有长大的儿女，恐怕迟早都会搅得闹闹汤汤，像一锅滚水似的。"

"不，你弄错了。"

一位奇异的客人出现了，他是东华仙。

"龙神，这琼莲不是你女儿，她只是养在你膝前让你白高兴这些年，那张羽也不是你女婿，你猜这两个冤家是谁？他们是王母娘娘瑶池上的金童玉女啊！"

所有的宾客，包括张羽和琼莲自己在内，都吓了一跳。

"只为他们一念思凡，被谪罚下界，他们如今也不该在海里，也不该在地上，他们还是要归回仙位去的啊！"

这样漂亮的一对璧人，这样调皮捣蛋的好像永远长不大的孩子，龙王依依地望着他们，说不出话来。

直到现在，你还可以看见海水总是在某一个地方和天空相衔接，那海天交界之处，又总是缤纷着暖暖的红云，那红云也许正是天上灼灼的蟠桃花吧？那金童玉女会不会走出桃花林回顾一下他们一度流连的龙宫呢？如果我们凝神细看，说不定我们会找到答案。

蓝采和

元·佚名

作者佚名，此剧因涉及伶人生活，常受研究戏剧史者注意。

神仙汉钟离轻轻地撕开一角白云，俯瞰纷扰的红尘中的人群。

"吕洞宾，"他回首叫住另一个神仙，"你看见那道青气了吗？"

"看到了，一直冲到九霄之上来了呢！"

"你仔细看，那是洛阳城里冲上来的，你看到没有，在梁园的戏棚里有一个伶人许坚，乐名（注：乐名即艺名）叫蓝采和的，青气就是从他身上冲出来的！"

"奇怪，洛阳城里成千上万的人，就只有他有神仙之分。"

"是的，可惜他自己并不知道，"汉钟离叹了一口气，"好吧，我亲自去走一遭，把他引渡回来。"

蓝采和已上好了妆。一双眉毛高高地吊起，已经是近六十岁的人了，但站在舞台上眼角余光一扫，仍能风靡全场。

招贴已经贴出去了，不知今晚有多少人来看戏，整个剧团有二十几口人要吃饭，老婆孩子，加上媳妇、表弟，一大家子擂鼓的擂鼓，打锣的打锣，必要的时候个个都得上场。

在洛阳城里，蓝采和是叫得很响的名字。他找最好的编剧，用最严格的方法训练子弟。二十年了，夜夜在舞台上，演那些演不完的生老病死，离合悲欢……究竟是勾栏（按：元人称剧场为勾栏）像人生，还是人生像勾栏呢！

"大哥，有件怪事，"表弟王把色和李薄头跑来，"一个奇怪的道士，坐在妇女作排场的乐床上，赖着不肯走，我们叫他到观众席上去，他不肯，还说要见你。"

快六十岁了，蓝采和什么样的人没见过，他匆匆跑去见那个难缠的道士。

道士显然是来搅局的，蓝采和想讨好他，顺着他的意思唱几场文戏，他又偏说武戏好看，真要演武戏他又点来点去点不中意，场上锣鼓空响了半天，眼看今天晚上做不成场了，连好脾气的蓝采和也气得骂了出来：

"哼，我看你也不是什么有道行的师父，大概是什么云游野道士，河里洗脸，窑里住，没见过世面，一辈子也没进过勾栏，所以一点规矩也不懂。"

"咦？"道士反唇相讥，"你又是什么有名的戏子？我游遍天下也没见过你！"

"嘿嘿，难道你是神仙？是广成子？是汉钟离？看你穿得这么邋遢……"

"你神气？你也不过演些假凤虚凰的东西骗人家的钱罢了！"

"骗钱？我好好地为人消闲散闷，赚钱是应该的，何况像你这种连'被骗钱'的资格也没有呢，做道士的只好沿街化缘，谁曾见和尚道士来看戏的？"

"你想想，你为什么要做戏，还不是为了养家活口？手下二十几个人，由不得你不演，这样演了戏吃饭，吃了饭演戏，这种日子有什么好？还不如跟我出家了吧！出家的好处说不完哩！"

"出家？哈哈，我疯了不成？谁要跟你出家，我目前正是红得发紫，要吃有珍肴百味，要穿有绫锦千箱，出了家跟你挖野菜吃？捡烂布穿？到茶楼酒馆去化缘，吃人家歌女娼妓吃剩的半碗面条？呸，你这疯子，你害得我们今天戏唱不成，你滚吧！"

"我偏不走！"

"好，你不走，"蓝采和转身走了，"王把色！去把那不讲理的疯子锁在里面，他不走，就让他待在里面，弄得我脾气来了，锁他十天，看他死不死？"

场上的锣鼓一时都歇了，空空的勾栏显得有几分凄凉，蓝采和怒气冲冲地往外走，可是，忽然，他心里难受起来，明天是自己的生日，生命也会有一天说散戏就散戏的吧！他莫名其妙地惆怅了。

猛回头，只见门锁已脱，那道士早已不见了影子。

祥云缭绕的寿星图挂在墙上，酒香弥漫了一室，洛阳城里大

271

大小小的戏子都来了，敬酒的敬酒，唱曲的唱曲，满屋子里全是聪明漂亮而又热络的人物，酝酿出一种又喧腾又亲切的气氛。

"哇——哇——哇！"

忽然，大家都停止了笑语欢言，门外传来清晰犀利有如刀削一般的三声大哭。

贺寿的人一时面面相觑，正在大家还没有来得及反应的时候，忽然又传来三声叹息：

"唉——唉——唉！"

所有的人一时都变了色，那声音空洞哀感，震得人觉得自己像一棵在风中落尽千叶的白杨树。

"王把色，你去看看怎么回事。"

"管他呢，哥哥，咱们继续喝酒！"

可是蓝采和喝不下去了。他急急地跑去开门。

"原来又是你。"

"是的，我又来了。"道士疯疯癫癫地笑着。

"算了，算了，我也不跟你计较，我今天过生日，是寿星，不想闹出是非。"

"嘿，嘿，现在是寿星没错，你怎么知道待会儿不是灾星呢？"

"你凭什么来说这种不吉利的话？"蓝采和渐渐感到自己的忍耐要到头了。

"咦？不过一句话罢了，又没伤你的皮肉。"

"你滚，你滚，你去化缘，去弄些汤饭把自己肚皮撑饱是正经，少在我这里讨骂挨……"

大家合力闩上门，重新举杯，一时只见觥筹交错，屋子里重新喧嚣着酒令和笑话。

可是蓝采和不知为什么心上闷闷的，错觉里他一直听到那三声啼哭和三声叹息，从小扮戏到现在，他从来没有听到哪一个戏子可以把人世的辛酸、空虚和悲凉表现得这么彻底……

"开门！开门！"又是一阵急促的拍门声，声音极不礼貌，"蓝采和官身，快点！快点！"（注：官身系当时的不合理现象，即艺人有时必须应官府之召，前去唱戏。）

"谁？"

"大人要你官身！"

"我今天过生日，贺客盈门，做主人的自己跑了怎么像话，叫王把色去好了！"

"不行！"

"李薄头好不好？"

"不要！"

"我找些旦角去可以吧？"

"不要啰唆，大人指名要你。"

"唉，算了，算了，我今天哪来的霉运，一口酒也喝不成，我去就是了！"

远远地，他看到高大华丽的官厅，州官穿着镶金绣银的衣服坐在上方，整个大厅看来如此堂皇吓人，如此虚渺而不真实，像一场梦境。

"蓝采和，你好大胆！"

他不由自主地跪下去。

"你傲慢自大，失误官身，你眼里还有我这个州官吗？给我拖下去，打四十大板！"

他惊惶四顾，人生怎么会是这样的，刚才还有人来向他拜寿，刚才还有乖巧的晚辈尊称他为当今的梨园领袖，怎么一下子就天地变色了。四十板？四十板打下来，不死也要落个残废，他想到戏台上那些动刑的场面，怎么会料到有一天假戏成真。

"世事无常云千变，你道是寿星，我道是灾星，寿星灾星弄不清……"

那熟悉的声音又出现了，蓝采和一抬头，这是他第三次看见那道人。

"师父，救我！"

"我救了你，你就要跟我出家！"

"好！"蓝采和一咬牙，答应了。

师父上去和州官说了，州官点了头：

"好，既然是师父要收你去做徒弟，我就饶了你，你跟了师父去吧！"

蓝采和站起来，弄不清是虚是真，人生竟比扮戏还情节迭起啊。

"师父，"他跟在那个脏道人后面，"我那天就觉得蹊跷，怎

274

么我锁上门，你却不见了？"

"嘿，嘿，那算什么，看得见锁的地方未必锁得住人，看不见锁的地方未必是自由的，金枷玉锁、名缰利锁才是真锁哩，蓝采和，你回头看看官厅在哪里？"

暮色中，他猛一回头，不禁倒抽一口冷气，旷野中哪来的玉阶碧瓦，哪来的飞檐画壁？不过是一片荒烟蔓草罢了。

"师父，恕弟子愚眉肉眼，不识高低，师父究竟是谁？"

"我是汉钟离。"

"那州官呢？"

"是吕洞宾。"

"师父，那，我又是谁呢？"

"你是蓝采和，洛阳城的千万人里，独有你有成仙之分，可是现在还不行，等你修行圆满，才能同赴阆苑瑶池。"

蓝采和跟着师父，头也不回地一路走了。

一个响当当的名角就如此消失了，洛阳城里到处在传着他的故事。有人说，他的妻子曾试图拦住他，要跟他一起去求仙，但他拒绝了，他说：

"成仙这种事是有机缘的，夫不能渡妻，父不能渡子，各人只能自己成道。"

有人说，曾在市井间看见他唱一首《青天曲》，舞一阕《踏踏歌》，那歌词舞姿都很怪异，看过的人一直记得：

踏踏歌

蓝采和

人生得几何

红颜三春树

流光一掷梭

埋的埋

拖的拖

……

遇饮酒时须饮酒

得磨跎处且磨跎

……

但只开口笑呵呵

何必终日贪名利

不管人生有几何，有几何

……

三十年过去了，洛阳城里，梁园棚内，仍然锣鼓喧天。

老一辈的或七十，或八十九十了，他们正坐在戏台一角，擂鼓敲锣。而场子上的生旦净末丑全换了人了，当年的孩子如今挑了大梁，勾栏是永恒的，一代去了，一代又来。当年拖着鼻涕在大人腿缝里钻来钻去的小观众，现在正大模大样地坐在前排看戏呢。而一切人间的悲哀欢乐和无奈的情节仍在场子上一场一场重复扮演着……

"今天，你已经功成行满了，"汉钟离说，"我们同赴瑶池阆苑吧！"

他们一起往前走。

忽然，蓝采和停住了脚，他听到锣鼓和琵琶的声音，这种脉搏和心跳一样熟悉的节奏啊，他的两眼微微湿了。奇怪，师父说今天已经功成行满了，但是，为什么一听到那喧哗的锣鼓点，仍然忍不住内心的激动。忘不了唱苦戏时满园的唏嘘和眼泪，忘不了观众在唱腔响遏行云之际高声地叫"好——"，忘不了戏散人尽之后缓缓收拾砌末（注：砌末即道具）时，那一丝丝微涩的甜蜜……

"你们是哪个班子的？"他忍不住跑过去问。

"我们是蓝采和的班子——蓝采和求道去了，我们留下来做戏。"

"你们是蓝采和的什么人？"

"我们是他兄弟，那个是他妻子。"

"你们怎么都这么老？"

"嫂嫂九十，我八十，另外那个弟弟七十……这位师父，你怎么称呼？"

"我就是蓝采和啊！"

"蓝采和？他走了三十年也该快九十了啊，怎么你看起来这么年轻？"

"三十年？没有，我才出去修行三年啊！"

"是你？"他的妻子慢慢策杖走过来，"蓝采和？"

整个剧团的人都围拢来。有的人脸上涂了一半油彩，有的人背上扎了一大排令旗，有的人正在把眼角吊起……

"喜千金！"他叫起妻子的艺名。

望着对方的衰飒的容颜，稀疏的白发，他怀疑了，究竟彼此一别是三年，还是三十年？

"哥哥，你三十年来一点也没变老，嗯，好像反而更年轻了，哥哥干脆再来扮戏嘛！"

"哥哥还可以扮小生呢，哥哥的扮相一定好！"

"看戏的人都还记得你，你再回来嘛！"

"不管唱腔，不管身段，洛阳城里三十年来还没出个比哥哥当年出色的！"

"你当年的戏服还在，别去做神仙了，换了衣服，我们再来串一场戏吧！"

听到衣服，他的心动了，当年挖空心思做的那些衣服，演武戏小尉迟的那件多紧俏，演韩愈"雪拥蓝关马不前"那件多落拓……笛声扬起，一阵紧似一阵，啊，勾栏，生老病死，悲欢离合，永恒的勾栏，忽然，他伸手去揭帐幔，想要找一件三十年前的戏服。

帐幔拉开，一件衣服也没有，只见里面坐着师父汉钟离。他在愕然中垂下了手。

"许坚，"师父笑了，"你还留下这一点点尘缘，这一点点凡心，现在好了，一切都到此结束了，你可以跟我走了。你原来是八仙里的蓝采和，现在是该你回去的时候了——"

他点点头，感到身子逐渐轻起来，飘起来，升起来，红尘渐远，白云拂面，只是在茫茫无际的寰宇中若有若无的，他仍然听见，那像胎动一样温柔而强大的声音"咚咚咚呛呛——咚咚呛——咚呛咚咚呛——"

第十章

以娼妓为主角的剧

灰阑记

元·李行道

作者李行道，亦作行甫，元绛州（今山西绛县）人，贾仲明谓："绛州高隐李公潜，养素读书门镇掩。青山绿水白云占，净红尘、无半点纤，小书楼、插架牙签。研珠露、《周易》点……"可见是一个隐居的高人。

《灰阑记》于1832年由法国学者裘利安译成法文，在伦敦出版。1876年方塞卡又将之译为德文，1925年克拉朋改编的《灰阑记》在德国上演。而1944年布莱希特（史诗派剧场的大师）又根据此剧的灵感写了《高加索灰阑记》，此剧如此被欧洲欢迎，也是始料不及的事。

"海棠就交给你了，"张老太太对马员外说，"我们原本也是好人家，七代科第，没想到她父亲早死，哥哥又不争气，这几年全仗着海棠做这见不得人的行业来图个衣食，也是没奈何，现在好了，海棠能嫁你做妾也是她的造化，只是，大奶奶那边，恐怕受气……"

"这个大娘放心，不会的，"马员外放下白金百两，他是个好脾气的财主，"海棠嫁过来，姐妹相称，不分大小。"

海棠抬着头走出了家门，她心里充满了对好日子的无限向往。

海棠生了个男孩，这天是他的五岁生日，马员外、大奶奶带着他到庙里去烧香。有人在门口叫她的名字，海棠一看，原来是她的哥哥张林。多年前他赌气出家门，就没有回来过，那时候他一直靠海棠吃饭，却一直看不起海棠，自己又无所事事。

"你是回来给娘做七的？还是给娘选墓的？"海棠想起这位母死不归的哥哥，忍不住怒气满腔。

"娘死了，我知道。"张林自知理亏，"我现在来，是找你来接济点本钱……"

"我做人家的小妾，哪来的钱？"

"你戴的首饰总行吧？"

"首饰是员外和姐姐赏的，现在剥下，他们问起来怎么说？"

张林听说没钱就大发脾气，海棠不管他，径自进屋去了。他赖在门外不走，刚好马大奶奶回来，彼此问明白了身份。

"海棠，怎么你哥哥来你也不理他？"

"他跟我要首饰，可是，我说这首饰是员外和姐姐赏给我戴的。"

"哎呀，何必那么多心，给的就是你的了，你爱给谁就给谁。"

"真的吗？"海棠不胜惊喜，立刻退下首饰。

"交给我，我给你拿去——怎么，你也要跟去？怕我吞了你的？"

"不，不。"海棠停住了脚。

"你那妹妹真不是东西，"马大奶奶走到门口来，立刻换了一副嘴脸，"我说首饰给了你，就是你的，你送给哥哥无妨，她却吓得像别人要剜她肉似的，我看着过意不去，只好把我娘家陪嫁的首饰拿来了，喏，这些给你。"

张林千恩万谢地走了，心里更恨海棠了。

"怎么回事儿？"马员外回来，发现海棠把首饰摘尽了。

"哎呀，你不问我还不好说哪！"马大奶奶叫起来，"海棠嫌你老，另外养着个奸夫，趁我们今天去烧香，她把奸夫弄来，又把首饰都给了那人，刚好我早回来了一步，让我撞上了，那奸夫吓跑啦……"

"啊！有这种事。"马员外气得发昏，立刻动手打海棠，"到底妓女就是妓女！"

海棠才忽然认清马大奶奶的嘴脸，她想解释，可是越解释越说不清。

"员外，你别生气啊。"马大奶奶假意温柔，"气坏了自己的身子划不来，这贱人值什么？打死她也就算了。"

"我难受极了，"马员外禁不得一番折腾，"给我一碗热汤！"

海棠立刻到厨房去煮汤，她虽然挨了打，但想到曾经恩爱的男人被一场误会气成这样，倒也心软了，反而甘心情愿去煮汤。

"盐不够，再去拿点盐来。"马大奶奶尝了汤，又支使海棠跑一趟厨房。

正在这个时候，马大奶奶放了把毒药在汤里。

"哈，哈。"她心里暗自得意，"真是一举三得，一来，药死这老鬼，二来，可以嫁祸海棠，三来嘛，可以占了家产跟我那相好赵令史天长日久地过日子了，我多年来的梦想就快达成了。"

果真，员外喝了那汤就昏昏沉沉地死了！

"海棠听着，"马大奶奶撒起泼来，"我好好的一个丈夫给你药死了，你要官休还是私休？——官休呢，就是戴着去问个谋杀亲夫之罪斩了，私休呢，你就空着手走出这家门，连儿子也不许带。"

"只要让我带走儿子，我什么都不要！"

"不行。"

"那我宁可跟你去见官！"海棠勇敢地做了决定。

私下里，赵令史不以为然：

"何必呢？弄个别人的小鬼来干吗？"

"这你还不懂！"马大奶奶恶毒地说，"孩子在她手上，免不了将来孩子长大后，会回来讨我们马家的财产。"

"可是接生婆，剃胎毛的，还有街坊邻居，大家都知道这孩子是海棠生的，这样太冒险了！"

"哼，黑眼珠见了白银子，谁会不要？"

开庭的日子到了，郑州太守苏顺是个唯利是图的人，自己又糊涂，凡事都问手下赵令史，另一方面大家都收了银子，证人也都偏向马大奶奶，海棠在重刑之下只得承认自己谋杀亲夫。

两个解子押着海棠，在大风雪中到开封府去定案。

"哥哥！"走到途中，海棠忽然看见张林，忍不住大叫出来，原来张林用那笔首饰去典卖，买下了一个小小的官职。

"你是谁？"

"我是海棠。"

"你还有脸找我，那一天我去找你，你怎么打发我的？"

"我弄到今天，全是因为你起的头啊！"海棠扯住哥哥的衣服不放，呜呜咽咽地解释她的冤情。

"什么！那些首饰是你的吗？我还当是大奶奶的呢！"张林毕竟心软了，答应帮助妹妹。

而开封府的主审是包待制（包公），他是一个公正清明的法官，他一看卷宗就起了怀疑。

"这小妾由于奸情而谋杀亲夫倒可以说得通，但又拼命去抢孩子却是为了什么？何况奸夫又是谁呢？这案子问得糊涂。"

及至升了庭，包公心里又增加了几分了解，于是，他叫人拿石灰来，在地上撒成一个圆圈。

包公说："我有个办法：让小孩站在这石灰圈中间，马家大奶奶和小妾海棠一人一边拉着孩子，看看谁能把孩子拉出这灰阑外，我就判谁是他的亲娘。"

孩子像一根拔河用的绳子，两个女人用力拉他，忽然，马大奶奶死命一扯，孩子踉踉跄跄地被扯到灰阑外边去了。

"海棠，你撒谎，你看，孩子是大奶奶生的，把海棠拉出去打！"

海棠含泪挨了一顿打。

"现在，"包大人说，"再来一次。"

这一次，赢的仍是大奶奶。

"海棠，你怎么说？"

"大人，您再打我吧！我怎么忍心拉孩子的膀子呢？他那么小，他的膀臂那么细弱，他是我怀胎十月的命根子，三年哺乳，千辛万苦……我怎么忍心拉伤他啊！"海棠越说越哽咽。

其实，灰阑本来就是包公设计来观察两个妇人的，现在，他知道谁是母亲了，案情急转直下，奸夫赵令史为了推罪把一切事都招了，这一来，贪官、罪犯、伪证人都得到严厉的处罚。

海棠拉起孩子的手，她再也不会失去他了，同样不会失去的是她的清白、她的尊严以及她的产业。

度柳翠

元·佚名

作者佚名，此类剧中人物在民间庆典中仍甚流行，稍加注意即可发现戴面罩的"大头和尚"和扭捏的"柳翠"至今仍为宗教节日化装游行中极受观众侧目的人物。

在江南，在杭州，在笙歌最繁华的地方，有一条街叫抱鉴营街，那里住着一个聪明美貌而且善歌的女孩，叫柳翠。

十年前，柳翠的父亲死了，为了抚养母亲，她做了妓女。十年过去了，母亲打算为亡夫做一场法事，跟柳翠常往来的牛员外送了一千贯钱做经钱，他们到庙里去接洽和尚，一切筹备好了，只等着做法事了。

"哎呀，师父，"行者（注：行者指男子有志出家而依住僧寺者，阶级较低）叫起来，"刚才柳大娘说十周年要十个和尚，我算来算去，我们只凑得出九个啊！"

"这可怎么好！"

"哎呀，想起来了，厨房里有个脏兮兮的疯和尚。"

"他？他不成的！"

"有什么不成，也不是要他念经，只要他混在里面充充数就是了。"

行者走到厨房里，只见那疯和尚吃肉喝酒，烂醉在那里，身上还背个铜锣似的东西。

"这是什么玩意儿呀，像烙饼的锅子，你又不卖饼。"行者说着，一拳打去。

"别打，别打，你会打破月亮，打坏广寒宫的。"

"唉，你这疯子说些什么疯话，"行者摇头，"你又吃肉又喝酒，真是滥僧。"

"什么？谁是真僧谁是滥僧？"

"我是真僧，"行者得意地说，"你是滥僧。"

"什么？我没听清楚。"

"你是真僧，我是滥僧——哎呀，我在说什么？我好像说反啦！"行者又急又气。

不过，由于听说有酒有肉，疯和尚倒也答应了法事。

大厅上长老已经唱起《西方赞》，和尚却只到了九个，柳翠急得到门口守候。早晨天气好好的，此刻却下起雨来，忽然，一个人摔倒在柳家大门前，柳翠正要去扶，一看，竟是个和尚。

"即使是和尚，走到我家门口也不免'失足'，甚至跌破头呢！"柳翠一语双关地朝他笑着。

"是啊，你知道为什么天堂门庭冷落生起荆棘来了，就是因为地狱门口滑如油啊！"和尚反讥道。

柳翠一笑，仍然把他扶了起来。

"我本来要来度脱你的，没想到却让你接引我了（接引指接引西方，佛教用语，乃指引人上路之意）。"

"师父哪里来？"

"我来处来。"

"如今哪里去？"

"我去处去。"

"师父法号？"

"我月明和尚。"

大厅上，长老一面摇动着法器，一面喃喃念着像催眠曲一般低沉重复的真言：

"解结解结解冤结……解了杭州施主老柳前生今世的冤和业……"

月明和尚走了进去，原来他就是迟到的第十名疯和尚，他不规规矩矩去念经，倒来缠着柳翠。

"生命无常，跟我出家吧！"

"才不呢，"柳翠想起自己的锦衣玉食，"我还年轻……"

"年轻？柳姑娘，你可曾见过四季嫩黄的柳？"

"至少，现在，我是柳陌上最娇柔的一株。"柳翠骄傲地说。

"你知道你是谁吗？"

"我是谁？"

"你是天生罗汉身！"

"我听不懂你的谜语！"

"唉，你这柳啊，真是一个木头。"

"这世间是靠花柳点缀的呀，就连你那明月，也要有柳才显得精神。"

"月亮，也给了柳光彩，"和尚说，"而且柳絮会坠落尘泥，明月呢？它却是'我则去那万花丛里过，常是片叶不沾身'，出家去吧！"

"干我们这行的不趁年轻图点钱，还等什么时候。"

柳翠的母亲在一旁听了，也慌忙责备和尚，刚好佛事也做完了，众和尚都回去了。

可是，从那次见面之后，柳翠总是梦见和尚，连在睡梦里他那番叮咛也反复出现。

这一天，他又来了。

"柳翠啊！出家吧！"

"你到底是谁？"

"我告诉你了，我是月明和尚。"

"你是月明，昨夜八月十五，你不来，今天八月十六，你偏来，原来'月亮过了十五仍旧是圆月'啊！"

"嗯，你这小鬼懂得点禅意了，我们人类才去分什么十五、十六，月亮自己并无十五、十六的分别啊！"

"师父，我天天想躲你，怎么躲不过。"柳翠和月明来到一家茶馆里谈天。

"嗯，你躲不过我，我看你还是发心修行跳出生死吧！"

"本无生死，谈什么跳出！"

"茶房，"月明和尚有些不讲理，"你拿把剪刀，我来给柳翠剃度出家吧！"

"不，我不出家！"

柳翠被他缠得烦了，假装打盹，不料倒真的睡着了，梦见牛头鬼力来抓她，她在梦中哭求月明相救，但阎罗王仍然定她死罪，鬼力一刀砍下来——

她醒来。

"这是哪里？"

"这是我们刚才坐的茶馆。"

"现在是什么时候了？"

"现在是中午。"

"怎么这么一刹那，我以为我死了——醒来却是活的，而现在我以为我是活的——却又是必死的，生死原来都是一场幻情啊！"

"花开花谢，只有土地长存，云来云去，只有虚空常在！"

"我懂了，"柳翠说，"师父，我跟你出家就是！"

柳翠跟着月明和尚出家去了，过了好一阵，她告诉母亲要带师父回家吃饭，那天时间还早，柳翠侍候师父在饭厅休息。

柳翠和师父玩双陆，师父故意问：

"那两块骨头是什么？"

"那是骨做的，可是不叫骨头，叫色（骰）子，用来掷点数的。"

"嗯，人，也是一把枯骸骨啊，这骨头一旦上面有了污'点'，有了'色'，就只好成天由人来抛掷了！"

柳翠听了，如同被人浇了一头冰水，登时了解自己在繁华背后的凄凉，师父叫人把双陆撤了。

柳翠又请人拿一种充气的球来消遣，师父看了，又说：

"柳翠，这球也是你啊，你也是一个皮囊包着些地水火风（注：印度哲学以宇宙由地水火风四大元素构成），而在游戏场上，玩你的人把你踢来踹去，等他们玩够了，就把你丢在网里，你不见'实心'（注：因为球是空心的）只听一片'抛掷'声，而有一天，皮囊破了，你也就什么都没有了。"

柳翠只觉句句如槌，槌着她的心。

"把我那些漂亮的应酬衣服全烧了吧！"柳翠咬咬牙，做了进一步誓不回头的决定。

一把火，她把自己的旧日往事一起烧了。

师父带着柳翠一路走到河边。

"师父，船上没有摆渡的艄公。"

"我们自己渡自己！"师父一语双关地说。

月明和尚要升堂说法了，众和尚都没有料到那个疯言疯语成天在灶下烧火的肮脏和尚会是个有道行的和尚，由于好奇，来的人还真不少。

"大丈夫，有决烈志气，慷慨英灵……归家稳坐，上不见有圣贤，下不见有凡愚，外不见有是非，内不见有自己，净裸裸，赤洒洒，一念不生……"

说完了法，由各人出言问禅，众人一一问了，各得答案而去，柳翠也手执一把团扇来问：

"柔柔软软一团娇，曾伴行人宿几宵。"柳翠说。

"你那彻骨清凉谁不爱，"月明和尚接着说，"若不是我啊，这人摇了那人摇。"

说法完了，柳翠去托钵化缘，月明和尚去歇息，柳翠回来，问长老师父如何？

"他休息了，不过，他交代，等你回来，要唱柳永的词《雨霖铃》里的两句：'今宵酒醒何处，杨柳岸，晓风残月。'他就会醒来。"

柳翠依言唱了，月明和尚果真醒来，奇怪的是，那首歌，原是欢场中惯唱的，今天唱了，却只觉一片清凉，仿佛一片冰心，柳翠忽然了悟，她一生的宿醉也该醒了。

"柳翠，"师父说，"该是我们同登大道的时候了。"

正在这时候，牛员外赶来，仍想挽回这一度打得火热的姻缘，他用一首诗挑逗柳翠，柳翠也用一首诗回绝了，旁观的月明唱起一首歌来：

如同花上露珠

如同水中浮泡

人生能有几度沉浮呢

去去来来光阴何速

让我们在生死乡中争得自由

一朵祥云过来，把柳翠和柳翠的引渡师父月明和尚升上天去。

"柳翠不是凡人，"神明说，"她是观音净瓶中的柳枝，因为染了微尘，所以罚往人世，而烧火和尚是第十六尊罗汉'月明尊者'，怕柳翠迷失本性，特去点化她。"

下界的人听了很惊奇，原来厨灶下也可能隐藏一位神明，而妓院里也可能有个一度惹了尘埃而回头是岸的净瓶柳枝。

《中国历代经典宝库》总目